ロンサム・マリーン
戦士を送る街角

南城 秀夫
HIDEO NANJO

ボーダーインク

「戦士を送る街角　ロンサム・マリーン」目次

序

隣でうめき声を聞いたとき、その野太い声とは対照的に美しい顔がまぶたに浮かんだ。

ここは那覇の歯科医院で、まさか順子がパーティションを隔てた向こう側のデンタルチェアに座っているとは思わなかったが、順子を思わせたその声の主を確かめたい衝動にかられた。

「お口、開いてください」と医師が言った。

シロウは我に返って、アーと口を広げた。

旋回するダイアモンド・バーが迫ってきて口内に没し、ガリガリとエナメル質を砕いて、シロウの顔を揺さぶった。

その地響きは、バービーが勇ましく放つ機関銃の射撃のようである。だが、それは地を這い、ヘルメットがはずれないように必死に押さえ、生き伸びようとしている彼女のイメージにすぐに取って代わられた。

あれから何年経ったことか。そんなに昔のことでもないし、順子、そしてバービーとの関係も行きずりのものでしかなかったのに、あの二人の思い出は年々重くなってきている。順子はもう大学を卒業して職に就いている年齢だ。念願の聾学校の先生になれただろうか。

削られている歯よりも、あまり口を開けすぎたので顎が痛くなっていた。

目をつぶると、順子が戦場に赴くバービーと並んで、アカバナーを耳元に挿して笑っている。果たしてそんな写真があったかと思い返し、自分の想像だったかとも思うが、それでも、二人は笑っている。シロウの耳は立って隣の調子外れの声を待っている。

「はい、ゆすいでください」

チェアが戻されて、ゆすぎを終わると、詰め物のために又倒された。

「お疲れさま」

詰め物を終わった医師が立ち去ると、チェアが戻されるのももどかしく、シロウはトレイに置かれためがねに手を伸ばし、口をゆすいだ後、立って、パーティションで区切られた隣のチェンバーを覗き込んだ。

驚きと嬉しさを隠せずに、大きく見開いた順子の目がそこにあるはずだったが、隣のチェアはすでに空いていた。待合室に戻ると、子供連れの女性が三名いるだけで、その誰も順子とは似ても似つかなかった。ひょっとしたら、支払いを終わって外へ出たのかもしれない。シロウは落ち着かないまま待合室のソファに座り込んだ。澄み切った順子の瞳の中には、憧れていた北米の白山を逆さに映した湖が広がっていた。そこはバービーの故郷だが、バービーの薄茶に狭まった瞳孔はそのような景色をも映しだすことを拒んでいる。シロウはやっと受付に呼ばれてあわただしく支払いを済まし、外に出た。しかし、さすがに回りを探すことはできなかった。

一　ゲート通り

今ではすっかり出不精になっているが、イラク戦争が始まった頃、シロウはまだ三十歳手前で、コザの町でライブハウスをはしごして夜更かしをすることが多かった。

クリスマスも近く、人は人の温かさを求めてさ迷っていた。ミーニシに体を縮めたシロウはコザのゲート通りにある『ザ・デン』の階段を下りた。赤く塗られた重たい木戸を開くと、もそもそ聴こえた音響が跳ね上がってシロウの鼓膜を揺るがした。シロウは押し出そうとする音の圧力に逆らって、光線瞬く闇に足を踏み入れた。機関銃のようなドラムと地響くベースのリズムが、シロウの鼓動をいきなり高くした。

煙の尾を引いた光線が数条ステージを照らしていた。もっそり髭面のアオヒゲがマイクを激しく叱りつけていた。

「ターララ ラーラ。ワオ。オイコラ歌えよ」

リフレインを叩きつけるように繰り返していたアオヒゲは、いきなり前の席に陣取ったアメリカ人にマイクを放り投げた。GIカットというよりは、モヒカンルックの若い男は慌ててマイクを掴まえ、通じたように"Ta-a-la-la"とアオヒゲの後を追った。

タッ
Ta
タタタ
Tatata

アオヒゲはステージを降りて、マイクを奪い返すと、ついでに男のビールをひったくって飲んだ。ビールを取り返そうとする男にマイクを押し付け、二言、三言、喚かせたかと思うと、ビールを差し出した。ビールを取ろうとする男の手にまたマイクを押し付けた。

そのマイクは複数の手に渡った。アオヒゲは丸い目をむいて客をおどしつけ、立ち篭めた緊張感を次の瞬間、おどけてほぐした。そうやってアオヒゲは群れの中を歩き回った。優しい目に戻ったアオヒゲは、自分より一回り大きな米兵一人一人と握手をし、抱き合った。

アオヒゲが客席に降りている間、テディ・ベアのベースに乗って、ジュンのリードギターの渦巻きが音階を昇り詰め、テンションを高めていた。アオヒゲがステージに戻ると、怒鳴り声の歌が再開された。

Die Young, Fucking Baby,
What you doing in our town
Oh ye don't hold it
Don't put it up
Do what you can do tonight
For tomorrow comes the reaper
Like it or not she gets you
We gonna wave you with a handkerchief

若死にするおめえら
俺たちの町で何してる
そうさ溜めるんじゃねえ
ぼやっとするんじゃねえ
悔いのないように今日しかできないことを

やっちまええ
明日は死神様のお迎えだ
さっさと行っちまええ
俺たちがハンカチを振って見送ってやる

アオヒゲと同じく髭面で太っちょのテディ・ベアは、米兵を挑発するような黄色みがかった麻のアラブ服をすっぽり被り、太い指で弦を摘んでいた。痩せたドラマーのターキは、だぶだぶのTシャツから覗く、ポパイのように膨らんだ上腕の筋を神経質に小刻んで、カツカツと鋭い打撃を放っていた。小柄なジュンの黒いビニールのチョッキが、ギターの胴体に貼られたメタルと一緒になって、照明をあちこちに照り返していた。

丸テーブルのアメリカの若者たちは皆、頭を振ってリズムを取っていた。興奮した若者はグラスを掲げ、雄たけびを上げて回りを見渡し、え、そうだろ、そうだろと皆の同意を求めていた。押された弱気の若者は肩をしぼめていた。シロウは騒音の中を歩いて、カウンターのストゥールに少し背伸びして腰を下ろした。

ロックは過剰な生命力の発露だったが、ジュンを除くと、ミュージシャンたちは決して若くはなかった。長髪は額から後退し、髭とともに白髪が混じっていた。アオヒゲの白髪交じりの髭は青く染めているわけではないが、ステージでライトを浴びると妙に青っぽく見えるのだった。

長いエンディングのギターが粘りに粘って右往左往した後、ばらばらだった楽器の音が収斂されて厚く重なり、ドラムが最後の一撃を決めると、皆は声を上げて拍手喝采した。

観光客の女の子たちが隅で小さく固まっている。

「オイ、シロウ。声をかけたら」ステージからのっそり引き上げたテディ・ベアが顎をしゃくった。ところが隅を見やるとすぐに、ＧＩカットがその女の子たちに近づいて一緒に座った。

シロウは曖昧に笑った。

十二月だというのにビーチムームーを着た女の子が席を立ってこちらに来た。カウンターでドリンクをオーダーしながら、

「困ったわね。私たちただ音楽を聴きに来ただけなのに」とこぼした。

「ちゃんとノーと言うんだよ。そんなときは」テディ・ベアがカクテルを作りながら言った。

付けまつげを瞬かせ、女の子はドリンクを受け取って席に戻った。

「日本の女の子は気が弱いからなあ。曖昧に笑っているから彼らは受け入れられたと思うんだよ。見んちまあー、アメリカ女性を」

カウンターには二人連れの米人女性がいた。愛想を浮かべて近づいた若者の眼前で、背の高

い方の女性の手が邪険に舞って、若者はすごすご退散した。

「不思議だねぇ。アメリカ人同士でも奴らはくっつかないんだ」

「セクハラ教育が行き届いているからね。きっとおっかなびっくりなんだ」

「フン、うったーやちゃっさ、ほーみしたいか。虎視眈々と狙ってる。男が多いんで牽制しあってるだけさあ。シロウ。ニューヨークは、ちゃあやたんでぃ」バーボンのショットで喉を潤したテディ・ベアが訊いた。

「別に。こんなもんだよ」

やたら下卑た言葉が飛び交うのはニューヨークでもそれなりの界隈でしか聞けない。ここはマリン兵たちの、規律のやかましい基地内では出せない鬱屈のはけ口で、ライブハウスの面々はそれらを軽く受け流す、一種切実な需要と供給のミックスした、他者には居心地の悪い排他的な空間を作っていた。

　年端もいかないルーキーからすれば、沖縄は初めての外地で、基地の外に出れば見知らぬ言語の看板が並んでいて、思わず緊張してしまう。やつらの目を見てごらんよ。すぐに下を向く。ここの人間は何を考えているか分からない。自分たちにあまり好感を持っていないようだ。現地人にはあまり近づくなと部隊で言われている。行き交う際、おのずとこぶしに力が入る。新兵たちはこの洞窟に入ってきて、一応自分たちの居場所を確保して安堵していた。

「この連中はイラクには行ったんだろうか」

シロウは暗い店内を見回した。大柄な若者たちの中にはふんぞり返っている奴もいたが、大方小さな椅子に猫背になって収まっていた。

「行ったさ。と言っても、前の連中だがね。この連中やおおかた沖縄に来たばかりやさ。三月に戦争が始まやあに、この町や死んでたよ。ぴたっといなくなるんだからね。商売上がったりで、ちゃーすがやーと思っていたら、ぼちぼちと帰ってきたよ。酒飲まあに苦労話か自慢話かぬうが分からぬ。その帰還第一陣はアメリカに帰ったのか、すぐまたいなくなったよ。シュワブの連中じゃなかったか。あんしから頻繁に部隊が移動するようになったさー」

一人泥酔した男が乾杯を求めて各テーブルを歩き回っていたが、ドリンクをこぼしたのかテーブルに座っていた男がいきなり立ち上がってこぶしを上げたのを、隣の友人がなだめて座らせた。

「ま、うったーが来てくれるおかげで、わったーやおまんまが食える。やっぱしストレス解消は必要さー」

テディ・ベアはスクリュードライバーに指を突っ込んでアイスを掻き回し、一気に飲んだ。

「先週、フセインが捕まっただろう。うったーや小躍りして喜んでいたな。やしが惨めだねえ。あんなドブネズミ野郎一匹を掴まえるって、うったー駆り出されてなあ。故郷に帰れない奴もいるんだから」

そう言いながら、テディ・ベアは無造作に別のドリンクを作っていた。

「この暮れまでヘータイが何人死んだって？　千人越したってよ。ベトナム戦争の再来るやる。マージ、ユー ワナ サム モア？」

テディ・ベアは作ったジントニックを、カウンターに座っている大柄で赤毛の女性の前に置いた。

—ほい、マージ。俺のおごりだよ。

—嬉しいわ。だからあなたが好きよ。

ちゃっかりと赤毛のマージが礼を言った。

—そうかい。俺と寝たいかい？

テディ・ベアが脂ぎった顔を近づけた。

—オー、シット。誰があんたみたいなオジンと。

派手な顔立ちのマージは顔をしかめ歯茎を剥いた。テディ・ベアは顎をシロウに向けてしゃくった。

—この男さあ、ニューヨークにいたんだよ。英語もぺらぺらだ。シロウ。とお、話してみ。

ユーらはニューヨーク行ったことあるか。

―オオ、ニューヨーク。そう、あんたＷＴＣ（ワールド・トレード・センター）に上ったことある？

マージがシロウに訊いた。

―あるよ。北にはエンパイヤ・ステート・ビルディング、南の海側には自由の女神。その間には輝くハドソン・リバーにかかるブルックリン・ブリッジ。最高の眺めだ。テロでやられる前に上ってよかった。

―ＷＴＣはアメリカの繁栄の象徴なのよ。飛行機をぶつけるなんてとんでもない奴等だわ。

確かにひどい事件だった。何千という人肉に激突した時速六百キロの鉄塊。鉄の高層ビルと鉄の飛行機が軋り合い溶解する中で、肉塊が引き千切られるさまがシロウの脳裏に浮かんだ。

―あたし、ニューヨークなんて行ったこともないわ。

青いポロシャツを着た隣のぽっちゃりした女はそう言って、ストローでほっぺたをつぶしてドリンクを飲んだ。

―バービーは田舎モノなのよ。

マージが囃すと、オー、カモン、とバービーと呼ばれた女は大げさに手を上げた。

―リトル・イタリーに行ったことある？

マージが丸い目をまっすぐシロウに向けた。

—いや、ない。チャイナ・タウンにはよくいったけどね。すぐ隣りなんだ。

—私のパパが昔、リトル・イタリーに住んでたのよ。行ったのは子供の頃で良く記憶にはないわ。

　話が弾んだ。赤毛のマージとグレーがかった銀髪のバービーは、ともに中西部から出てきた。オクラホマ出身のマージはダウンタウン育ち、モンタナ出身のバービーは農家の子だった。二人はカリフォルニアのベースから沖縄に来たばかりだった。

—私はオクラホマのオーキー。テディ・ベアやシロウたちはおきなわのオーキー。

　酔いの回ったマージは、はしゃいでいた。シロウはストゥールを回して店内を見た。黒塗りされた天井に埋もれた、数箇所のスポットライトは照明弾のように頭に注がれ、回りは暗すぎた。米兵たちは気に入らない上官に不当に叱られたことを不満に思って、彼の言い方を誇張して真似てばかにしていた。演習が行われたタイや韓国のマーケットや裏通りの女たちの話をしていた。総じて、人を罵倒する言葉が行き交っていた。

—どっか、ほかに行く？　ここは野暮な男どもが多いわ。

　ツンとマージは席を立った。

—シロウ。レッツゴー。

　思いもかけない誘いに戸惑いながら、シロウは立ち上がった。

「ハアン、行くんか」

テディ・ベアが呆気に取られた顔をした。

シロウを誘ったのは彼女たちのしたたかな見定めで、おそらく害のない同伴者がいれば他のGIたちに迫られる煩わしさもないと思ったのだろう。女にスリルを与え、ときめかせる男、あるいは女に安心感を与え、かつ将来をちらつかせる男ではなく、何がしかの便宜を与える男。彼女たちの誘いをシロウは手放しで喜べなかった。ましてやマージはシロウより背が高いのだ。

低い軒並みのゲート通りの夜空は、だだっぴろかった。アメリカの田舎町がオリエンタルを装っているようだった。土曜日でしかもペイデーなので人通りは多い方だった。時代遅れの八気筒の黒いムスタングが地響きするような空吹かしで人を脅しながら、ゆっくりと通り過ぎて行った。

豆科の細かい葉にクリスマスデコレーションの電球と電線が掛かった鳳凰木と、少し滑稽に腹を突き出したトックリキワタが交互に並んでいるゲート通りでは、クリスマス・ソングそっちのけに、黒人少年がストリート・ラップを披露していた。Tシャツ店の前にはインド人のオーナーが腕を組んで、無遠慮に通り過ぎる人を見ていた。タットゥーショップの中では、彫り物をしてもらう屈強な腕の持ち主たちが、手持ち無沙汰に順番を待っている。屋台では黒人の青年がエプロンをつけて、焼き鳥屋のお手伝いをしている。アマゾン、ムーンライト、ボストン、マニラなどのクラブの前では寒さをものともせずミニスカートを穿いたフィリピン女性がしなを作って立っている。遠くの嘉手納第二ゲートからは、私服に着替えた若者たちが大股で繰り出してくる。

歩いている沖縄人はと言うと、日本のミリタリールックである学生服に身を包んだ、塾帰りの高校生だけだった。彼らは異国情緒のイリュミネーションと喧騒にはもはや興味を示さず、彼らに与えられた日課を淡々とこなすべく塾に通い、数名で固まって帰路についていた。二つの人種は交わることなく、すれすれに共存していた。

マージとバービーが車間を縫って大通りを横切ったので、シロウは慌てて後を追った。三人は『マーフィーズ・プレイス』の前に立った。チケットもぎりの若者はちろっとシロウを見た。階段からカウボーイ・ハットを被った、長身の痩せこけたマーフィーがよろけながら出てきて、もぎりの青年に声をかけた。褪せたジーンズをシルバーのバックルで締めた太幅の皮ベルトにはたくさんの鍵が束ねられていた。マーフィーはチケットの束を青年に渡し、入場料の入った小箱を受け取った。

—ハアイ、マーフィー。

マージとバービーが挨拶した。

—どこで遊んでたんだい。今夜は遅いな。

――『ザ・デン』よ。

――『ザ・デン』！　アオヒゲの奴はまだくたばってないのかい。

マージはヒー　イズ　ファイン、と言いながら、シロウを向き、この人がこの店のオーナーよと紹介した。

マーフィーは、ナット　メニー　ウチナーンチュ　ヒア、とシロウを見下ろした。尖った鷲鼻の奥に鋭い眼が鈍く光った。青い虹彩は、赤筋の滲んだ白目と不分明だった。

マーフィーを通りで知らぬ者はいなかった。ベトナム戦争時代、太ももに弾丸が貫通し、幸いにも骨折は免れたので、歩行に支障はなかったのだが、やはり経年の疲れが出たのか、足を引きずるようになってかんしゃくを起こすことが多くなった。通りで一人、大声を出すことがあった。

バンドも全員アメリカ人だった。白髪に近い金髪は本物なのか染めているのかわからなかった。演奏されるのはオルタナティブロック系のシロウの知らない音楽だった。さほどテンポも速くない、ねちねちした同質の音のうねりが耳に淀んだ。ほんのちょっとしたリズムの違いや構成の違いで、音楽は完全な世代交代を告げる。店を埋め尽くしているのは皆、カレッジの学生らしい成人したばかりの子たちだった。ＧＩたちもいるにはいたが、マージやバービーでさえ大人に見えた。シロウとは世代が違い、気後れした。

三人は人を掻き分け、カウンターに行ってドリンクを注文し、しばらく立ち飲みをした。

三曲続いたメドレーが終わって人の動きがあると、隅に日本人の女の子たちが見えた。シロウが塾で英語を教える、順子と加奈子たちだった。彼女たちはシロウを見て挙動が変わった。加奈子の小さな目と、その後ろに隠れるようにしている順子の深い目がきらっと光った。

—あの子たち知ってるの。こちらをちらちら見てるわ。

—ちょっとね。あいつら、夜遊びして。

演奏が終わり、一つテーブルが空いたので三人は座った。ウェイトレスが来てすばやくグラスを片付け、濡れたテーブルを拭いた。

ブレイクの間、プレーヤーたちがステージを降り、横ではマーフィーと茶けた長髪を束ねた細身の男が押し問答をしていた。やがて男はアコースティックギターを片手に立った。

—おい、一曲だけだぞ。

マーフィーがステージに向かって念を押した。

—OK、OK。

男は束ねた長髪を指股で軽く流して、うつむき加減にギターを弾き始めた。それは戦場へ赴く者を送るエレジーだった。

Love confessed at final chance
Ring worn to promise eternal love
Strange that I find myself at the rear of a truck
Looking at the eternal desert

Sitting down on pipeline
Open up the can of pork and beans
Small paycheck spent on the French Restaurant
The final banquet with candle lit
You were exceptionally beautiful

Hailing the newspaper boy
Browsing through the column dead and wounded
No, I'm here, I'm here I'm here
I'm alive

Then I wonder if that's true
Yes, blasted the fire and wind, the world turned
I flew in the sky to be near you

やっとの思いで愛を告白し
君の指に約束のリングをはめたのに
なぜか俺はトラックの後部から
どこまでも続く砂漠をぼんやりを見つめてる

パイプラインに腰を下ろし
豆とポークの缶詰を開ける
安月給をはたいて思い切って入ったフレンチレストラン
君との最後の食事、キャンドルに照らされた
君は格別美しかった

君は今日も、新聞の売り子を呼び止めて

号外を手にし、戦死者の欄に目を走らせる
いや俺はここだよ　ここだよ
生きてるよ、と

……はて俺は生きているのだろうか
そうだ、いきなり目の前が真っ赤になり、
世界がひっくり返り、
気が付くと俺は空を飛び、君の元へ帰っている……

高い音階では喉声になる、素人っぽいその歌声にシロウはひどく心を動かされた。きっと兄弟か友人を失った男が、止むに止まれず作った歌に違いないと思った。すると同じ境遇に有るはずのマージとバービーがふっと気になり、二人を窺うような目線で見た。マージは我関せずと云った風に、スプーンでグラスの氷を取り出してがりがりかじっていた。バービーはうつむいたまま、ナットソー　バドと呟いた。その時、この二人と遠い戦地とが結びついた。

二　受験生とマリン兵

朝のコザの町は静まり返って、大人たちはよその町にすでに働きに行ったか、昨夜の幾度となく繰り返されるおざなりの乾杯のために、家でまだ寝ていたりした。子供たちは早起きをして勉学にいそしんでいた。その静謐さを蚊トンボのようなF15戦闘機が爆音をとどろかせて突き破った。早朝の、闇から開放された青空はみるみる全世界に広がっていき、ひとまず戦闘機を放った嘉手納飛行場は寝起きの大きな欠伸をして、世界の空に睨みを利かせ始めた。

シロウは日曜日にも酒を飲んで、二日酔いで調子が上がらないまま授業に臨んでいた。

「さあ、今日も張り切っていくか。君たちは英語を頭で理解しようとしている。だからダメなんだ。皆声を出して」と無理して激を飛ばしていた。

中学生じゃないんだから、と言う奴もいながら、皆はしぶしぶシロウに従って英文を朗読し始めた。シロウ自身苦手だった受験の専門家になるにあたって、もっと楽しい学び方があるはずだと思っていた。体を使わなきゃ。口の筋肉を鍛えずに語学は上達しない。英語なんて歌の練習と同じで疲れるほど短文を繰り返せばよい。この子達の年齢だと理屈よりまず口の練習だ。中学生から高校生にかけてシロウはとにかく彼らの発声を要求した。恥かしがりやの子達も皆にまぎれてテキストや短文の朗読を始めた。

気づくと、中ほどの席に座った順子の美しい二重目蓋が三角になってこちらを睨んでいた。一昨夜、『マーフィーズ・プレイス』で会ったことで、双方気まずい思いをしているはずだった。シロウは外人の女の子二人と一緒にいるところを見られ、順子は高校生でありながら、ライブハウスに入っているところをシロウに見られたのだから。

だが、不思議に思うのは、順子が果たして音楽を楽しんでいたかということである。ただ単にお付き合いでライブハウスに入っていたのではなかろうか。実際、この子にどのように英語を教えれば良いのかシロウは悩んでいた。

耳の悪い順子は読唇術に長けて、日本語は理解できるが、英語はそうはいかない。順子はいつも必死にシロウの唇ばかり見ていた。シロウは順子の席に近づき、大げさに口を開いたり閉じたりして見せた。順子の睫毛の長い、美しい目はますます角張って屈辱に燃え、シロウの目を射返して、いきなり本の角で机を叩いた。その激しい音に皆の朗読が止まった。順子はかんしゃく持ちなのだ。

「あの子。聞えてるんですかね？」事務室に戻ったシロウは、社会科を教える進路担当の渡嘉敷に訊いてみた。渡嘉敷は若禿げの頭をカリカリ掻いて言った。

「よく分かんないねえ。聞えていないと思ったらよく理解してたりね。かと思ったら、ぜんぜん分かってなかったり。ウン、聞えてるフリしたり、聞えてないフリしたりしてるふしもありますね。ありゃ見栄っ張りのところありますから。時々はウオークマンのイアホン耳に突っ込んでジャンジャン、ロックを聴いてるようですよ。音がはみ出すんですから」

そう言えば、この前も通りすがりに順子のイアホンから音が弾けていた。バリバリのヘヴィメタル。通り過ぎて、その重苦しい、陰鬱な旋律のリフレインがシロウの不安を醸し出した。

「そうですか。ちょっと難しいですね」

ヘヴィ・メタルは聴けても、普通の会話は聞こえないのか。おそらくオレの教え方はあの子には向いていない、とシロウは思った。

「いや、その大城順子さんのことでね。明日、進路相談に同席してほしいんですよ」

シロウは進路担当ではないので、誘われることにぴんと来るものがあった。渡嘉敷の側に腰掛けたシロウに渡嘉敷は順子の成績表を見せた。

「こんなに成績良いんですか、順子さん」

「頭のいい子ですよ。ただ英語は苦手みたいだね」

英語は平均の成績だった。音楽はどうかと思った。選択科目の音楽を順子は取っていなかった。それもそうだろうとシロウは苦笑した。選択科目は美術だった。それは優だった。モノを見る目がきっと確かなんだとシロウは思った。

その次の晩、大城順子の母親がロビーに到着するとそれだけで玄関は華やいだ。目鼻立ちの美しさもさることながら着物を着ていたのだ。落ち着いた灰色の下地に紺の唐草模様が入った、決して派手な着物ではないものの、母親は着物の求める楚々とした歩き方で、生徒の乱調活発な歩き方や事務服の合理的な歩き方の行き交う廊下を、まるで次元が違うように滑って入ってきたのである。誰の目にも学習塾に和服は場違いな感じがしていた。

招かれて事務室の側の応接室に入った母親は、シロウよりは年上に違いなかったが、まだ三十代ではないかと思われるほど若かった。順子と同じく大きな二重目蓋で、順子のそれがどこか人懐こさを感じさせる沖縄風であったのに対し、切れ長で、北方の品格をも備え持ち、本土の人ではないかと思われた。狭い応接室で渡嘉敷と並んで相対すると、二人とも慎み深い母親に圧倒されるのだった。

「この子はこんな境遇で……難聴と言われて、小学校の四年生から中学校の二年生まで聾学校にも入れたのですけれど、まったく聴こえないわけではないので、普通中学校でがんばらせようと、主人と話し合ってまた普通の中学校に戻したんですのよ。この子は少し聴こえなくても話し手の唇を読むことができるから、私どもとも何の不自由もございませんわ。おかげさまで高校に入ってからも順調に過ごして来ることができました」

とは言うものの、言葉にならない苦労を親子が重ねてきたことは明白だった。シロウは母親の長い目じりに苦労の陰を認めた。

「それはよかった。本当に感心ですね、順子さん」

「ただそのう、時々かんしゃくを起こすんですよ。私どもも勉強しなさいと無理強いをしないように気を使っているんですが。やはり十分に聴こえない苛立ちがあるのではないかと」

「お友達は多いんですか」

「そうですね。群れて歩くのが好きみたいで。話に加わっているわけではないんでしょうけれど、仲間はずれにされるのが嫌なのね、きっと。それから聾学校時代の友達が時々遊びに来るんですよ。その時は手話で夢中になって話しているわ」

順子は確かに社交家だった。いつも友達に囲まれて、どのような意思疎通をしているのかシロウは不思議に思っていた。友達の中でも恵まれた容姿はすぐに人目を惹いた。ある種の優越感をも覚えているような、下目に懸けた視線を人に送ったりもした。それに聾学校時代の友人もおろそかにしていない。順子が友人に囲まれて夢中になって手話をしている状況を思い浮かべたとき、シロウは母親の品のよさが気になった。上品さはこの場合、順子の逆境の中で腰を屈め、膝を交えるには似つかわしくないように思えた。よしんば母親の人の良さが品のよさを上回っていたとしても、母親の品のよさはたちまちにして人を遠ざけてしまうだろう。

「それにこの子――。ガラの悪い音楽が好きで。他の子たちは宇多田ヒカルとかオレンジレンジとか、Ｊポップのかわいい音楽を聴いているのに。この子、がんがん鳴るロックを聴いてますのよ。耳が悪いからだとは思いますけれど、何か反社会的なところがあるのではないかと心配で」

　母親の懸念はシロウが予想したとおりだった。

「この前も、ゲート通りの、米兵がたむろするライブハウスを覗いているところを渡嘉敷先生に見つかったらしくて」

「ン、そうでしたね。順子さんは美人だし、あんな所をうろついて米兵に拉致されることがあっては大変ですよ」

　そう言って進路担当は横に座っているシロウの方を向いた。

「今日、宮城先生に会ってもらったのは、順子さんの英語の勉強についてですが、そのー、先生は高校生にも声を出させる授業を行っているそうですが、順子さんには無理なんで。別の方法も考えてもらわないと」

「はあ、そうですね」シロウは考え込んだ。

「受験まで後二ヶ月足らずです。とにかく今までのおさらいをみっちりしてもらって少しでも点数に結びつけましょう」渡嘉敷は強調した。

慎み深くお辞儀をし、首筋のほつれ毛を直しながら出て行く母親に見とれながら、渡嘉敷がささやくのだった。

「大城さんて、コザじゃ名士ですよ。市会議員のほら、議長にもなったことのある大城ケンユウさんですよ」

「ああ、コザの町の活性化を図っているあの、大城ケンユウさんですね。奥さんはあんなに若いんだ」

「ミュージックタウン構想、分かるでしょ。このままじゃ、住民はどんどん北谷のアメリカンビリッジや、具志川のジャスコショッピングセンターの方に買い物に行って、コザの町はがらんがらんですよ。外人だけはびこって。風紀は悪くなるし。もう外人だけじゃ生活できませんって。もっと観光客を呼び込まなきゃ。あの人にはがんばってもらわないと」

＊

『ザ・デン』の黒ずんだ赤い扉は空気の入れ替えをするように開いていた。興もなく明るい店はがらんとしていた。ターキやテディ・ベアは昨夜飲み過ぎたのか、口も利かずにぼんやりとビニールソファに腰を沈めていた。カウンターにいたリードギターのジュンはシロウを見ると、頼みもしないのにオレンジジュースにウォッカを注いでスクリュードライバーを作った。

ややあって、観光の女の子が四人固まっておどおど入ってきた。テディ・ベアたちは重い腰を上げて照明をセットし、ステージに向かった。

いったんステージに立つと気合が入るのはやはりプロだった。ビートルズの《ディ・トリッパー》が始まった。いや違う。ずい分ワイルドだ。そしてファンキーだ。ああ、そうだ。これはジミー・ヘンドリックス・ヴァージョンの《ディ・トリッパー》なのだ。不協和音のコーラスがふてぶてしい。こつこつ叩かれるカウベルが肩たたきのように心地よい。陽気なバックビートに乗ってきたシロウは女の子たちと一緒に体を揺らした。

女の子たちからリクエストが出た。《アイ・ドント・ワンナ・ビー・ヒア》

「あれならおめえは歌えるだろう。おい、一曲、歌うか」テディ・ベアが声をかけた。

「えっ、俺か」とひるみつつもシロウの足は前に出ていた。シロウはこの曲が好きで何度もリクエストしている。恥かしさよりも嬉しさが増してシロウはステージに上がった。こいつらは本当に気がいいんだから。

小気味いいエイトビートが刻まれて、シロウは後ろから押されるように歌に入った。だがシロウの歌声はたちまちエレキの音とドラムにかき消されてしまった。もっと吐きつけるように、叩きつけるように歌うんだ。テディ・ベアが目で合図をしてくる。喉は痛くなり、耳はがんがん鳴ってくる。

It's not for you that I come here
Never think that way
Don' know why I'm here
Somehow my feet take me here

お前がいるからなんて勘違いするなよ
俺にも分からない
なぜか来てしまうんだ　ここへ
なぜか足が向いてしまうんだ　ここへ

開け放ったドアの光を背に受けて立っているのは、確かにバービーとマージだった。共にジャンパーにGパン姿だ。二人はカウンターに座ると膝に手拍子を取った。何とか歌い終わって、冷や汗を掻いてステージを下りたシロウにナイス　トライ、とパチパチ手を叩いた。アメリカ人は世辞がうまい。

「どうだった？」

テディ・ベアは観光客の方に向かって訊いた。女の子たちは顔をひしゃげて、まあまあだと言うそぶりをした。シロウは赤面した。

テディ・ベアはステージの上でビールをラッパ飲みし、今度はマージたちにサービスするか、とジュンとターキに声をかけ、セーノと賑やかにカントリーウェスタンを始めた。

ジュンのギターはトーンのつまみを調整されて、バンジョーのような乾いた音を出した。ピックはポケットに仕舞われ、五本の指が弦を掻き鳴らした。軽快なフィンガーピッキングに郷愁を誘われたのか、バービーが手を頬にやった。涙ぐんでいたのだ。

―ヘイ、ホームシックかい。

シロウが尋ねた。

―この子はこうなのよ。田舎の牧場の子供だから。

片足をもう一方の膝に乗っけて、権高に分厚い軍靴を揺らしながら、マージが答えた。見渡す限りの平野に粉塵が舞い上がって、カウボーイに急き立てられた牛たちが移動する。丘陵の遠くに白山が霞んで見える。それはシロウが西部劇で馴染んだアメリカのイメージだった。そしておそらくそれはテディ・ベアたちの憧れだったのかもしれない。

他のマリンが入ってくると、カントリーウェスタンは可愛くまとまってハ調三拍子で閉じられた。間をおかずにジュンのギターはふてぶてしいバリバリの音を出して、ハードロックに戻った。

マージが鷹揚に表を指し、食事をするゼスチャーをした。時計は八時を回り、腹は減っていたので、シロウは軽くうなずき二人のマリン兵と歩き出した。ゲート通りから胡屋十字路を左に折れてモス・バーガーに入ると、いらっしゃいませえ、と女の子の明るい声が響いた。店には本とノートを広げて勉強している学生もいた。

マージとバービーはハンバーガーセットを注文すると、訓練された店員の明るい声に応えて不器用に頭を下げ、アリガトを繰り返した。三人は往来を見渡せる席を選んだ。三三〇号線の広い目抜き通りでは、車のペアのライトが澄明な冬の空気を透け照らしてせわしく行き交っていた。向かい合って座ると、明るい照明の元で特にマージはいかつく見えた。シロウは、二人にいつ沖縄に来たかという質問を繰り返した。マージは半年前、バービーは十一月に来たばかりだ。共にカリフォルニアのペンドレトンというキャンプを経由している。ハンバーガーセットが運ばれてきた。

—君たちはパートナーかい。

—プラトーンは違うけど、遠征軍の編成で一緒に訓練を受けたの。私はフテンマ、バービーはフォスターにいるわ。

―何で、マリンに入ったんだい。

―何か文句ある？　町は飲んだくれのホームレスだらけで、私はＪＣペニーのレジなんて柄じゃないわ。

―いや別に。勇気あるなあと思ってさ。女でもやはり、うで立て伏せ六十回やらされるんかい。

―まあ、六十回は無理だけど、その半分ならできる。ちょっと胸が邪魔なの。とーん、とーん、とーん、と地面の愛撫を受ける。まんざらでもないけど。ム、このハンバーガー、醤油の味がする。

シロウはあらためて長袖に通されたマージの恰幅のいい肩と腕を、そして少し照れて胸を見た。逞しさと柔らかさが同居していた。

―私が志願したのはバリバリのリコン（偵察隊）。でも回されたのは役務支援。今ヘリコプターの整備をやらされてる。メカは苦手じゃないわ。ライセンスもあってよ。でもイコーリティ（平等）と言ったってあいつら女に偏見があるんよ。ちゃんとテストしないんだから。現実は厳しい。

―バービーはどう？　あまりフィジカルにも見えないけど。

シロウは口数の少ないバービーに向いた。弱い視線を合わせないバービーはハンバーガーを咀嚼しながら訥々と語った。

―これでも基礎訓練はパスしたの。背嚢を背負って駆け足の移動。匍匐訓練。綱渡り。射撃。私の射撃の腕前もそんなに悪くない。マージほどではないけど。でもマリンと云ったっていろいろあるの。今はもっぱらコンピューターに向かってるわ。

―ヘイ、あんた。あまり訊かない方がいいよ。バービー、ワッチアウト。

マージがいきなり目を光らせた。シロウは社交的になろうとして矢継ぎ早に質問していたのだが、少し警戒されたようだった。米兵との交流は自ずと限界がある。いつものことで、心得ていたつもりが、相手が女性だということで軽くなってしまったようだ。それにしても、おとなしいバービーと強そうなマージの気が合うのは不思議だった。

―シロウはまあまあ歌えるじゃない。

話題を変えてマージはそう言ったが、あまりシロウの歌に感心した風でもなかった。

―ハードロックはキーが高くてね。あれが精一杯さ。のどがイカレちゃう。バラードだったら何とか歌えるんだけど。例えばエリック・クラプトンとか、エルトン・ジョンとかのラブソング。

シロウはちょっと気恥ずかしさを抑えて言った。

―ラブソングねえ。現実を知らない連中の歌よ。

マージは馬鹿にするようにシロウを見た。

―ロマンチックは非現実的かい。皆が求めて止まないものだ。オールディーズにしてもいまだに日本の若者には人気がある。人をハッピーにさせる力がある。

―全然感覚が合わないわ。甘っちょろい音楽。

―私は好きだわ。

下を向いたまま、バービーが答えた。

―OK、OK、今のアメリカはサック。

マージはブーッと泡を立てて息を吐き、こぶしを捻り、親指を下に向けて突き刺した。

その時、シロウの生徒たちが数人、加奈子を先頭にがやがやとモス・バーガーに入ってきた。シロウはやばいと思った。後ろに制服姿の順子もくっついていた。加奈子は小さな目をぱちくりさせてシロウを見ると、いきなり囃し立てた。

「夜遊びセンセ、夜遊びセンセ」

「おい、受験生が夜遅く何を飲み食いしてるんだ。家に帰ってちゃんと食えよ」

きまりが悪くなったシロウは、加奈子をなじった。

三　冬のビーチ

　午前の講義を終えたシロウは昼飯を食べに外に出た。おおかた日本復帰時に急ごしらえで造られた、コンクリート二階建ての住宅や店舗は、風雨に晒されてシミだらけだが、冬晴れの日差しを一様に反射していた。ゲート通りに出ても、昼間のコザは深閑としてゴーストタウンになっている。失業率十四％のこの町。開店休業の自営業を加えると、どれほどの人の収入が滞っているのか。一番街のアーケードに入ると、外のまばゆさの分、いきなり視界が暗くなった。シャッターの閉まった人の通らない舗道には猫が寝そべっている。

「えー、兄さん。買うみそうらに。夏物が安いよ」ベンチに座った衣料品店のおばさんが声をかける。

「真冬だのにこんなの出して。もうポロシャツはいいよ。今はかりゆしウェアの時代だのに」

「かりゆしウェアは仕入れるのにも高くてさあ、売れなかったら困るさあ。アメリカーたーはTシャツだけだしね」

「おばさんところはデザインがおとなしいからね。表のインド人のお店を覗いてごらんよ。ケバケバだよ。あ、これいいね。これなんかアメリカーたーが良く着てるじゃんか」

「少しは出るよ。あったーがいなくなると困るさあ」

ゴヤ市場に逸れると、魚屋の棚は早々と片付けられていたが、鮮魚を洗った水を流したのだろう。濡れた路面から生魚の臭いがした。滑る足元に気をつけながら市場を通り抜けて、横丁の食堂に入った。

テーブルに着くや否や、携帯にメール着信のチャイムが鳴った。

『センセのこと嫌いです』

発信人の番号は記憶にない。おそらく順子だろう。はてどうやってこの子は自分の携帯番号を手に入れたのか。

野菜炒めを山盛りに載せたソバが湯気を立てて出てきた。テーブルは油染みて肘に粘っこいので、シロウは油を恐れて携帯電話をポケットに収めた。豚肉の混じった野菜と麺とつゆはシロウのはらわたに心地よく染み渡った。

ガラガラと食堂のガラス戸が開き、茶けて艶のある長髪をくくったアメリカ人がのれんをくぐって入ってきた。

「おばさん、ソーキソバください」

流暢な日本語でソバを注文して男はシロウの後ろの席に座った。『マーフィーズ・プレイス』で弾き語りをした男だった。あれはひどくセンチメンタルな歌だった。ソバが来て、男はずるずるっと音を立てて麺を口に運んだ。ウチナーンチュと変わりはない。一番街横丁の食堂に一人で入ってきてソバをすする姿は、見方によっては寂しいものだった。やはり哀しさを秘めているのだろう。兄弟を失ったのだろうか。恋人を失ったのだろうか。そうでもなければ、あんな歌は歌わないだろう。兵隊ではないのは確かだった。しかしプロの歌い手でもなかった。何をしているのだろう。その男が感覚的に自分に近いことが分かったシロウはあえて話しかける必要を感じなかった。

食事が終わるとゲート通りに出て、ラップミュージックのがなり立てる玉突き場のカウンターに座った。大型スクリーンはラップのおどけたダンスを映し出していた。ヘイ、メン、ワッツハップニング。いかにも界隈にたむろする日本女性が好みそうな、目がくりくりして分厚い唇の黒人のバーテンダーにシロウはエスプレッソを注文した。店内は開け放たれ、通りの日光だけを採って電気もついていなかった。シロウは向かいの、四角い大きな看板で昔ながらの瓦屋根をコンクリートビルに見立てた、時計店あたりを見ながら、苦いエスプレソを口に含み、沖縄そばの残り香と油を消した。

塾に戻り、夜の講義が済むと、小さな目にかかるほど前髪で額を覆った加奈子が近づいてきた。

「あのね。センセってとっつきにくいんだよね」

「そんなことないよ」

「じゃあ、どっか連れてってよ」

「冗談じゃない。そんなことできないよ」

「センセはずるいよ。外人の女の子を連れて歩いて」

「違うよ。そんなんじゃないよ。ただの知り合いさ。君たちこそライブハウスに出入りして」

「私、もう十九歳よ。高校を卒業してから一年になるわ。二十歳にはならないけど十八歳未満でもないわよ。たまんない。この中途半端な人生」

加奈子は小さな目をしばたたかせて自分を抱き、空を仰いだ。

「俺も行くからさ」

ニキビだらけの高校浪人生のタケシは妙にシロウになついていた。

タケシも行くから加奈子とのデートにはならないからいいけど、それにしてもどこへ行こうか。まさか『マーフィーズ・プレイス』には連れて行けないし、とシロウが思案していると順子がきた。

「順子、一緒に行こうよ。センセがどっかいいところへ連れてってくれるってさ」加奈子が誘った。

「イカナイ」

順子は強張った顔で野太い声を出し、そのまま歩き去った。シロウはやはり嫌われているのだ。

「ゲート通りのどこでもいいからよ」

タケシがさっさと先に立って、ヘイ、カモーン、と人差し指を立てて手招きした。

中の町から坂を登ってゲート通りに達すると、オープンバーのテラスに順子が立っていた。紺の制服に赤いリボンを結んだ順子は、こうしてネオンサインをバックにみるとなぜか危うい迫力があった。気流が角で渦巻いて順子の黒髪をなびかせ、スカートは手で抑えられたが、上着の白線の入った肩掛けがひるがえった。海の上で水夫たちは風の強い日、セーラー服の肩掛けを立てて雑音を遮断し、呼び声に集中するらしい。順子は何に耳を欹てているのか。テラスに座っているGIたちは背後から順子を見ていたが、話しかけたくてもかけられない気高さが不思議な妖しさに混じっていた。

加奈子はもう一度、順子を誘った。

「なあんだ。こんなところで待ち伏せして。あのね、先生がタコスを奢ってくれるって。ほかにも何かめっけものがあるかもよ」と順子の手を引っ張った。

順子は後ろからおずおずついて来た。好奇心はやはり旺盛だ。シロウたちは嘉手納基地の第二ゲートに近いカフェに入った。マホガニーの茶で統一され、品のよいレトロ風な壁面ライトにぼんやり照らされた店内のカウンターの背には、後からつけた大型のカラオケ・スクリーンが落ち着いた雰囲気をまばゆく壊していた。奥には数名の若いアメリカ人と隠居風の老人夫婦がお茶を飲んでいた。よく見ると、夫婦と見えたのは、マーフィーと、あちらを向いているのはシロウのお隣りのベティさんだった。

ベティさんはシロウの大家さんで、二つ並んでいる外人住宅の古い方をシロウに貸している。ずいぶん前に軍人の夫を亡くした後、一旦帰国したが、以前英語を教えていた宜野湾の短期大学に招聘されて、沖縄に戻ってきた。今はその仕事を辞め、借りていた住宅を買い取って、どういうビザを持っているのか、夫との思い出の多い沖縄で老後を過ごしている。そのベティさんがマーフィーと一緒に食事をしているなんて。

マーフィーはブルーの長袖シャツのボタンを首まできちんと掛けて、静かに話していたが、時々あたりに睨みを利かせたので、若いGIたちは遠慮するように静かに話していた。

四人はカラオケ・スクリーンを前にしたカウンターに腰を下ろした。

「センセ、ロックすきでしょ。何か歌ってよ」

タコスを注文したシロウは二人にせがまれて、歌集からエリック・クラプトンの《ワンダフル・トゥナイト》を選んだ。哀愁のある、また愛のみなぎったバラードをシロウは損なわないように歌った。君がいて今夜は最高だ。ぼくの側にいてくれてありがとうと、恥かしがる少年少女に時々はいたずらっぽく目を向けて。だが順子はそっぽを向いていた。この子には僕の歌が聴こえるのかな。聴こえていないかも知れない。

「センセ、もっと歌って。今度はエルトン・ジョンを歌ってよ」

歌い終わったシロウにタケシは無邪気に言った。

「おいおい、そんなにレパートリーがあるわけじゃないんだ」

タコスが運ばれてきた。ジューシーなひき肉にキャベツとトマト、それにチーズを包んだ、揚げたトウモロコシの殻をタケシたちが音を立ててほおばり始めた。

「あのさ、センセさ。アメリカ長いでしょ」

「ああ、長いよ。六年ぐらい」

「その間さあ、ガールフレンドいた？　いなかった？」

「うーん。そうだね。お友達はいたけどねぇ。ガールフレンドって決まった人はいなかったねぇ」

「さみしい青春だったんだ」

シロウは加奈子の言葉に苦笑いしながら、自分の周りを優しく通り過ぎた異国の女性たちを思い浮かべた。

ベティさんとマーフィーが席を立って勘定を払いに来た。

—こちらマーフィーさん。こちらシロウさん。私の隣に住んでるの。

—ユー シング ベリウェル。俺んところで歌うかね。

シロウは恐縮して、ありがとう、機会があったらと言った。

—待てよ。この前会ったな。マリンたちと一緒だった。

マーフィーは眉をひそめてシロウを見た。

—シロウはとてもいい人なのよ。この人が隣にいるから、私は安心なの。

「みんな、この方はベティさんだ。僕の大家さんだ」

—この子たちはあなたの生徒さんなのね。ヘロウ、コンバンワ。

「こんばんは」

加奈子とタケシは大きく挨拶した。目鼻立ちのくっきりした順子がレジの近くに座っていたので、ベティさんは、まあ可愛い、と笑顔で順子に話しかけたが、順子は返事をせず目も合わさなかった。間延びした空気が流れた。ベティさんは拒絶されたような当惑した表情を浮かべたけれども、すぐに立ち直って、その隣のタケシに、ハウ オールド アー ユーと訊いた。タケシはアイ アム フィフティーンと答えた。

マーフィーは傍でにこにこしていたが、順子たちは年齢を偽って『マーフィーズ・プレイス』に出入りしていたので、マーフィーのことを知っていた。マーフィーの窪んだ青い目が高いところから注がれて、何か言われないかと二人は知らん振りをしていたが、マーフィーは気がつかないようだった。

—それにしてもいつも子供たちが夜から歩いているわね。今夜はシロウが一緒だからいいけれど。ステイツでは考えられないわ。

と、ベティさんが言った。

—この子達は塾に通ってるんだ。日本ではね。昼間、学校に行って、夜も勉強しに行かないと大学に入れないんだ。

—ナイトスクールだって？　昼間、学校に行って、夜も学校に行くのか。異常だね。家庭はどうなる？　夜までストリートにおっぽり出すなんて、逆効果じゃないか。

マーフィーが喰らいついた。マーフィーに言われるのは心外だが、そう言われればそうかも知れない。シロウはまだ独身で分からなかったが、良い家庭になればなるほど、夕べの一家団欒は大切な時間だった。

—そんなことだから事件事故がおきるんだ。この前の少女暴行事件だって沖縄のマスコミは俺達アメリカ人だけのせいにしているが、子供たちを夜の外に出す親も親だ。

だったらもっと自分とこのクラブを取り締まったら、とシロウは思った。

—これこれマーフィーさん、そんなふうに言うものではありませんよ。そうねえ。悪いことがいろいろ起こって私達も辛いし、肩身も狭いんだけれど。でも、日本の子供たちもかわいそうよね。お勉強、お勉強で。かと云ってアメリカの子たちは戦争に狩り出されるし。世の中はどうなっているのかしら。青春は二度とない。青春は二度とない尊いものなのにね。

—そうだ。青春は二度とない。俺たちの青春はベトナムに取られてしまった。ユーはしっかり子供たちを守るんだよ。

マーフィーはベティさんの前で格好をつけて大層なことをシロウに言った。

外に出ると、低い軒並みを夕闇が包んでいた。太陽の沈んだゲート通りの西側は巨大な米国の施設だった。カデナ・エアベースの上空一帯も回りの沖縄の空から切り取られて、アメリカ大陸の空と化していた。シロウは、遠いカリフォルニアやニューヨークの空を思い浮かべた。

誰から子供たちを守るのか。GIやお前たちGIくずれの連中からか。アオヒゲやテディ・ベアのような面々からか。それとも夜遅くまで塾通いを強いる社会の圧力からか。

ぼんやりと店先で佇んでいるシロウの手を引っ張って、タケシがせがんだ。

「センセイよう。今度、泳ぎに連れてってくれよ。オレ、温水プールって入ったことないんだ」

「こんな冬に泳ぎたいのか。しょうがないなあ」シロウはタケシに袖を引っ張られながら、生返事をした。

「あたしたちも行く。ねえ、いいでしょう」加奈子が言った。

シロウは返事に困ったが、なぜか行く気になった。

＊

その次の日曜日に加奈子と順子が約束していたゲート通りに現れなかったので、シロウは大層気落ちした。とりわけ順子が来ることを心待ちにしていたらしい自分に気がついて驚いた。ひたむきな順子の目、順子の一挙一動に気を取られ、車を運転していても、しばしば思い出している。ハハ。シロウは自嘲気味に笑った。同時に、何かと生徒との距離が喧しく言われている昨今、順子たちが来ないことにほっとしていた。

シロウはタケシをゲート通りのTシャツ屋の前でピックアップして、恩納村のリゾートホテルに向かった。やれやれ今日はタケシが相手か。少しいまいましく感じた。タケシはまずホテルの吹き抜けの構造に興奮した。すげえ、すげえ、わあ、あんな所に泊まりたい、と内部の空洞を取り巻いて上空に小さく連なる客室群を、椰子の繁る一階ロビーから見上げて言うのだった。

ホテルのビーチは本土からの観光客でいっぱいだった。真冬のことで海はまだオープンしていなかったが、その日は快晴で海は凪ぎ、泳げなくはない水温だった。冬の日差しは柔らかく、真夏のように決して人肌を激しく侵食することはなかった。それで多くの人が安心してビーチで日向ぼっこをしていた。日差しは冬の間に縮まった肌の毛根を優しくほぐしていた。マリン兵たちがデフィニション（輪郭）のついた体を誇示しながら歩きまわり、真っ白な肌をした本土からの女の子たちに話し掛けていた。

「あれっ」

ビーチの外れに仁王立ちした、黒い潜水服を着た縮れ毛の大柄な太った男はテディ・ベアだった。太陽が似合わない男だと思っていたが、こうしてみると海賊のようだった。シロウは砂を蹴ってテディ・ベアに近づいた。

「何だ。テディ・ベア。穴倉に閉じこもってばかりいると思ったら、ダイビングとは恐れ入ったね」

「バカ。わんをモグラと思ったか。太陽がわんを呼んでいるんだ。こんな天気のいい日曜日を見過ごすわけはない。金、土はロック三昧、日曜日は天然三昧だ。どうせ日曜日の夜は客が来ないんでね」そう言って手に持ったスルメイカをかじった。

「おおい、テディー！」

ビーチから海中東屋を挟んで区切られたヨットハーバーに向かって、沖合から近づいたモーターボート上の、角刈りでやはり潜水服姿の男が呼んだ。

「じゃあ、行ってくるからな。かわいい熱帯魚どもが俺を待っている」

テディ・ベアは潜水具や着替えの入ったずだ袋を肩に掛け、砂地に足をのめりこませながらヨットハーバーに向かった。

かわいい熱帯魚か。奴にそんな感性があるとは。シロウにはどうしてもテディ・ベアと鮮明な原色を煌かせて無心に泳ぐ熱帯魚が結びつかなかった。あいつはスルメイカのように熱帯魚を食いちぎってしまうんじゃないか。

概して晴れ渡った空だったが、テディ・ベアを乗せたボートが向かった先にだけ雲がどんより掛かっていた。雲の上方は日に輝き、下方はかなりの密度を感じさせるほどに黒くなっていた。

「センセ、あの人を知ってるの」

追いついたタケシが怪訝そうに訊いた。

「ウン、ちょっとね」

「あの人、怖いな」

ボートが小さくなったとき、突如、雲の袋が破れ、細い滝が中空の水源と海原を繋いだ。テディ・ベアの乗ったボートは沖合に漕ぎ出すのではなく、やがて岸沿いに迂回し、岩壁の先のサンゴ礁に向かうはずだったが、そのまま黒い一筋のスコールに向けて、あえて突っ込んでいく無鉄砲さがテディ・ベアにふさわしかった。あるいはテディ・ベアのデーモンが、青空に一点の亀裂を産んだのかもしれない。

ビーチでは、遊泳禁止を無視して泳ぎを開始するマリンたちに、注意を促す英語のアナウンスが鳴り渡った。シロウはビーチから引き返し、室内プールへ向かった。わあ、あったたかいと言いつつも、恐る恐る水に入るタケシの両手を取って水に浮かばせた。シロウとて水泳は上手ではなかった。平泳ぎはできるがクロールの息継ぎがまだ下手だった。十メートルも行くと息が荒くなった。素直で少しぶきっちょなタケシはシロウを英雄視していたが、ふとこんな自分に子供たちを守れる力があるのかとシロウは思った。せめて溺れる者を助けるほどの力が自分にあったなら。シロウは水の中でタケシの両手を取って後ずさりしながら思うのだった。

「さあ、もう戻ろうか」

「もう四時だろう。帰ったら五時で、どうせおうちにはカアチャンいないんだ」

「ふうん、お母さんは夜遅くまで働いてタケシを塾に通わせてるんだ。がんばって今年は高校に入らないとな」

*

シロウとタケシはコザに戻り、腹ごしらえをしようと、中の町通りのミュージックカフェ『マンハッタン』に寄った。二階に上がるとGIたちがいて、その中にマージとバービーの顔があった。

彼らは議論をしていた。高い声がホワイトハウス批判をし、太い声がそんな弱気ではだめだ、テロリストにつけいれられると声を荒げていた。マージはシロウを認めると、「ハアイ、シロウ」と大げさに呼びかけた。シロウは挨拶を交わして彼らのテーブルに近づいた。マージはシロウを友人たちに紹介した。バービーは男たちに挟まって、軽く会釈しただけだった。

男たちはヘロウ、アイム ジム、トム、アンディと次々にシロウの手を求めてきた。がっちりして毛深いジムの握手はシロウの手を握りつぶすようだった。座ったままだったが、曲に乗って肩を小刻みに揺すらすさまから、訓練を受けた破壊力のある肉体をジーンズの上着で包んでいることが分かった。端正で深い瞳のトムはカーデガンをはおり、大学のキャンパスでもよく見かけた育ちの良い学生のようだった。小さく細長い顔にロイドめがねをかけ、ウッディ・アレンに似たアンディは分厚い唇をどもらせて挨拶をし、不可解な視線をシロウに向けた。彼らと軽く握手を交わしたものの、シロウが英語を解するとわかるとたちまち話題を変えた。がっちりしたジムは『ザ・デン』でも見かけたことがあった。あとの二人は知らなかった。

—空軍の連中のハウジングを見たことあるかい。俺たちの部屋の二倍はあるぜ。

—やっと自分の部屋が持てたというのに、あれじゃ学生の寄宿舎だ。アンディがどもりながらジムに応じた。

—あいつらのハウジングは日本政府が作ってくれているらしい。高級マンションだ。

—空軍の連中はお高い所に留まってよ。泥んこにピル。差別待遇にもほどがある。

—あのピルには参った。ちゃんと飯を食ってないと大変だよ。胃がひっくり返っちゃうぜ。

—本当だ。のどに引っかかって、呑み込むのも一苦労だ。

ピルとは汚水を渡る訓練の際に飲まされる抗生物質のことだった。

—ハンセンじゃいつも呑んでるよ。俺たちはたまに参加するからだ。

トムが水をさした。

—そうさな。泥水の中に顔を突っ込んでも平気なのは、あのピルのおかげってことだが。

ジムが言うと、アンディは顔をしかめた。

—カモーン、ジム、平気じゃないよ。たまんねえよ。人権蹂躙だ。間違って目や口を開けちゃったら貼りつくのは泥だけじゃない。口はしっかり閉めていたつもりだけど俺はその晩、トイレにしゃがみっぱなしだった。

―ハンセンの連中は目ん玉から寄生虫が這い出てくるんだってさ。騒音と油にまみれても俺たちゃ文句言えないぜ。

と、ジムが笑った。

―君たちはフテンマからかい。

シロウが口をはさんだ。

―ああ、そうだ。ヘリ部隊さ。

答えたジムの顔が固くなったので、歓迎されていないことを感じ、シロウは気を使って、突っ立っているタケシを離れたテーブルに誘った。マージが移動してきた。シロウとタケシの湿ってぺったんこになった髪を見て、濡れているわね。寒くないの、と訊いた。

―泳いできたんだよ。この子と。

タケシは怪訝そうな顔をしてマージを見た。

―ワッツ ユア ネーム。

マージが訊いた。

―アイム タケシ。ユー アー マリーン? オア、エアフォース?

―アイム マージ。アイム マリン。アーユー スケアド?

「センセ何て？」

「マリンが怖いかと訊いているんだ」

―ノー、アイムナット アフレイド。

タケシは殊勝に答えた。

―タクシー ユーアー ブレーブ。

「タクシーじゃないよ。タケシだよ」

マージはいろいろ話し掛け、タケシはシロウに助けを求めもしたが、また手振り身振りで自分の意思表示をした。マージは、

―アイム オーキー フラム オクラホマ。タケシー、ユーアー オーキー フラム オキナワ。

と、語呂を合わせ、タケシに大いにうけたことに気を良くした。

そして立ち上がり、ジュークボックスにお金を入れて、プレスリーの《ハウンド　ドッグ》を流した。ノリのいいリズムにマージは指を鳴らした。エイ、あたいたちは猟犬だ。よく訓練された。

その間、バービーは仲間に挟まって、シロウに見向きもしなかった。曲が終わるとマージがジムとアンディの話に加わり、ハンサムなトムとバービーは二人でひそひそ話し合っていた。

GI刈りの精悍なトムは時々振り返ってシロウたちを見た。シロウはバービーの手にトムの手

が重ねられるのを見た。

シロウはタケシにレモンスカッシュとピラフを奢り、自分はコーヒーとサンドイッチを注文した。日曜日の午後のゆったりした時間がオールディーズに乗って店内を流れ、泳ぎの心地よい疲れに二人はうとうとしてきた。

四　残波岬

『マーフィーズ・プレイス』の前にチェアを持ち出したマーフィーは昼間から酔っ払っていた。シロウが通りかかると、おい、ちょっと寄ってけ、と呼び止めた。長袖をまくった、唐草模様の刺青の腕にもろこしの髭のような毛が金色に這っていた。

—寄ってけたって、まだ四時で店は開いてないでしょう。

—開いてるさ。バーボンをご馳走しよう。ステージに上がってもいいぜ。誰もいねえけどよ。

—ノー・サンクス。これから仕事があるんでね。ところでマーフィーさん。この前、ステージに上がった男がいたでしょ。素人っぽい。ほら、戦士へ捧げるみたいな歌を歌った人。

—ああ、あのポニーテールか。クバサキ・ハイスクールの教員だよ。時々、曲を作っては、やってくる。反戦歌ぽくって、湿っぽくてな、俺は苦手だな。ところでおめえ、アメリカ人の女性とつき合ってるのか。面の皮の厚い奴だ。あ、嫌な奴が来やがった。

基地の第二ゲートの方から、のっそりとアオヒゲが歩いて来た。昼間見るアオヒゲはいかにも年老いていた。髭はただの灰色がかった、黒髪交じりの白髪だった。ぴっちり穿いたズボンは細くなった足腰を顕わにし、サンダルはコンクリートの上を痛そうに擦っていた。ヒッピーが年老いてホームレスになったに過ぎなかった。この男が夜になるとステージに立ってアメリカ兵を牛耳るのか。

―ウェル、ウェル、ウェル。ミスター・マーフィー。

おどけたアオヒゲは片手を胸にあてて古典的な挨拶をした。マーフィーは鼻を鳴らした。

―まだ、生きてたのか。よくやってるよ。あんな古ぼけたジミー・ヘンドリックスなんて。もういい加減に身を引いたらどうだ。俺がクラブを作ったのも、おめえを潰すためだのに。

マーフィーは長い人差し指をアオヒゲに向けた。

―なんでよ。マーフィー、お前だって兵隊だった頃、俺のクラブに入り浸りじゃなかったか。

マーフィーはチェアから腰を持ち上げようとしてずれ落ちそうになった。

―自分は戦場に行った事もないくせにでかい面しやがって。この傷を見ろ、ハア、この傷を見ろ。

マーフィーは褪せたジーンズを叩いた。

「見えるはずないだろ。アホ。おいシロウ、遊びにきな」アオヒゲは日本語でそう言って立ち去った。

―おめえらの音楽は時代おくれなんだよ。勉強不足で。もう新しい曲も覚えきれないだろう。時代はどんどん変わる。若者は全部こっちに来る。

マーフィーは中指を立てて、捨て台詞を放った。

*

その晩、仕事が終わって『ザ・デン』に来たシロウに、カウンター越しのアオヒゲが訊いた。

「おい、お前はマーフィーのところに行くだろ」

「たまにだよ」

「どんなバンドだい」

「アメリカ直輸入ってところだ。リンキン・パークとかニルヴァーナとか」

「外人バンドか」

「外人だ」

「客層は」

「若いよ。ディペンデント（軍属子弟）の大学生が半分。GIが半分ってとこかな」

「学生には酒はだせないだろう。儲かってないな」

「サービスチャージってやつだよ。入るときに五百円取られる。加えてオレンジやコークも五百円だ。酒はもちろん千円以上」

「俺たちより高いな。それでもたくさん来てるのか」

「ウイークエンドはね」

側に来たテディ・ベアがぺっと唾を吐いた。

「いや、きっと未成年者に酒を飲ませているんだろう。そのうち尻尾を掴んでやる。県警に報告すれば営業停止だな。ほらマリンたちが入ってきた。ちょっくらごめんな」

「ちょっと、なんでマーフィーはアオヒゲやテディ・ベアたちをライバル視するんだい。ほかにも音楽を聴かせる店はあるだろう。何か恨まれることでもやったんかい」

シロウはステージに向うテディ・ベアに声を大きくして訊いた。

「喧嘩は他の連中ともやってるさ。あいつは特別根性が悪いんだ」

テディ・ベアが大声で答えた。

シロウはカウンターで静かにコーラを飲んだ。ガチョウが鳴くようにくわっくわっと弦が摘まれて、ふてぶてしくジミー・ヘンドリックスの《パープルヘイズ》が始まった途端、『ザ・デン』は前線に中指を立てた反骨の磁場と変貌した。聴きに来る者はがんじがらめの組織の人間たちで、この異端のミュージシャンたちと異端の音楽を共有することは、六十年代の親の時代と変わらず、硬質の音を耳と喉の奥に突っ込まれて、生身の息を吹き返していた。
マリンたちに酔いが回り、怒声が飛び交い、饗宴が佳境に達すると、アオヒゲがステージに上がった。前のテーブルに二人連れの米人女性が座ったので、マリンたちの注意はそこへ集まった。アオヒゲは片手を胸にやって、うやうやしく敬意を表した。始まった曲は彼らのテーマソングだった。

This is the Den
This is the Den
This is where you become free and crazy
You become crazy 'Cause
You don't know tomorrow
In the town
Where you are doomed
One stopover on your way to hell

ここは俺たちの洞窟だ

ここは俺たちの洞窟だ
かまわないぜ自由に振舞ってもクレージーになっても
明日がないおまえたちだから
この町は地獄へ向かう停車場だから

ターキのドラムソロが始まった。しばらくしてテディ・ベアのベースが這って追った。

その時、重たい扉が開いて、青いシャツの上にジャンパーを羽織ったバービーが入ってきた。目がとろんとしている。何か言っていたが音に遮られたので、バービーは親指を立てて外を示した。シロウはバービーについて外に出た。バービーの息は甘酸っぱいワインの匂いがした。

—ちょっとどっかへ連れてって。

—マージはどうした。

—ケガしたのよ。訓練で。高台から落っこちたのよ。

—落っこちたって？　骨折したのか。

—骨折はしていないけど、膝の傷口から感染してパンパンに張れちゃって。でもいいの。どうせあの人、乱暴だから。いい薬になるわ。

シロウは今日は飲まないつもりで来たから車を持ってきていた。二人は駐車場まで歩いた。

生徒に会わないかと思ったが、アパートの二階から小さな女の子がパンツを見せて手すりにつかまり、二人を見下ろしているだけだった。

―君たち、イラクへ行くんじゃないんだろうな。

―アッ、アー。

バービーは人差し指を立てて横に振った。

―その手の質問は軍の機密で答えられない。私にも分からない、とだけ言っておく。一寸先は闇だわ。

シロウはバービーにしつこく訊けばどこへ行くのか言い出すとは思ったが、あえて訊かなかった。防衛心が働いたらそれでおしまいだ。職業軍人のプロフェッショナリズムが出てきて、とたんに鉄面になるだろう。

バービーの様子から彼女たちが前線に出かけることは明らかだった。新聞は毎日のようにイラクの爆破テロを報道していた。どういう風にバービーをなぐさめたらよいのか分からなかった。下手に慰めると出陣は悪いことだと決めつけることになるし、かといってがんばってこいよとも言えなかった。

車の前に立つと、バービーは「いい車だわ。ホンダね」と言ったものの、曇り空を眺めて考えるようだった。駐車場のおじさんが窓口から顔を出した。気が変わったことを察したシロウは、自分が信頼に耐える男だということをバービーに分かってもらえるように努めた。

―この前『マンハッタン』で会っただろう。仲間と一緒だったね。そのうちの一人と話に夢中で、僕らは話が出来なかった。トムといったっけ。ボーイフレンドかい。

―違うわよ。あんな奴。

―喧嘩したんだな。

しばらく沈黙が続いた。

―何待ってるのよ。

つっけんどんにバービーが訊いた。

―どこへ行こうか。

二人は車に乗り込んだ。車はコザから嘉手納へ迂回した。この娘はおそらく日常生活から離れたがっていた。迫り来る運命からのつかの間の逃避。地平線の彼方まで一緒に逃亡できるかとシロウは思ったが、この島はあまりにも小さかった。

―私なぜシロウの車に乗ったのかしら。年上だから安心よね。

バービーは念を押した。

―年上だから安心できるとは限らないけれど、バービーは幾つなんだ？

―もうすぐ二十歳よ。

—えっ、もうすぐ二十歳？　ということは十九歳。若いなあ。

シロウは驚いた。自分とは十歳近く違う。大学浪人の連中も十九、二十歳だ。どう見てもあの子達とこの子とが同じ年だとは思えない。アメリカの女性は日本の女性に比べて確実に四、五歳は年上に見えた。日本の子たちは勉強すること以外は、やることなすことまだ子供じゃないか。その逆にバービーやマージたちは勉強すること以外の全てを経験しているように思えた。机にしがみついている受験生の青春をかわいそうだと思っていたが、戦場に赴く青春とは、これまたどうだ。

—マージは幾つだ。

—彼女は二十一でアダルトよ。

それでも成人したばっかりだった。オクラホマの小さな町で、地べたに寝そべったホームレスを見て育ったマージは世間に愛想をつかして、祖国の戦いの前線に立とうというのか。シロウは呆気に取られ、変な風に感心してしまった。そしてこのバービーは又、どういう因果で戦場へ赴こうとしているのか。こんな子供たちを前線に立たせる米軍も米軍だ。シロウはアメリカを知っていたつもりだったが、こんなアメリカは理解の外にあった。

その時、白い子犬が車道を逆に走ってきた。

—あ、あぶない。

悲劇は一瞬にして起きる。二人は気もそぞろになってしばらく行くと陸橋の近くで、飼い主らしい若い女性が紐をぶら下げて途方に暮れていた。子犬は飼い主の元を離れて、嬉々として危険地帯を走っていたのだ。お宅の犬はこの道をずっと走って行ったんですよ、と教えてあげたかったが、車を停めるわけにもいかず、シロウは焦慮した。

—オー、プア パピイ。

振り返って来し方を追ったバービーは、

—シロウは動物が好き？

と訊いてきた。

—好きだよ。犬がいるんだ。従順でいい。もう十五年もうちにいるから人間で言えば八十歳を越えるおばあちゃんだ。耳も遠くなったし、目はかすんでいる。僕が学生を終えて帰ってくると、ちゃんと覚えていてくれたよ。そこいらをはしゃぎまわってね。バービーんちは牧場なんだろ。ん、モンタナだったっけ。広々とした草原を馬で乗り回して牛の群れを追いかけるんか。カウボーイ、いやカウガールだ。

—ちっちゃな畜産農家よ。ママと妹と三人きりの。牛もいるけど豚もいる。そこらへんを走り回っている子豚って結構かわいいのよ。

—でも育てて、マーケットに出して食肉にするんだろう。

―そうよ。私たちの胃袋に収まるわ。

バービーはまっすぐ遠くを見て言った。そのとき、シロウはふっとバービーの気配を失った。農場と言っても、バービーの安住する場所ではなさそうだった。母親をおいてでも、この娘はやはり外の世界に出るべきだったのか。

―マリンはきついんじゃないか。

―学資金が欲しかったの。それにいろんな技術も身につくし。

―大学に行きたいんだな。

―あと二年たてばね。シロウみたいにニューヨークとかシカゴとかロスアンゼルスの大都会の大学に行くの。

やがて左手に、連なる金網の中でなだらかな丘陵が交差し始め、その奥にだだっ広い嘉手納飛行場の二本の滑走路が地平線の彼方に消えていた。憧れる世界が再び逆転した。

―ほら見てごらん。まるで北米の中西部の高原を移動させたみたいだ。この俺たちのちっぽけな島によ。

―本当ね、こうして見ると一瞬、故郷に帰ったように感じるわ。

―ヘイ、俺たちの生活圏だぞ。それでも俺たちの自由にはできない。占領政策だ。何が民主主義だ。

バービーは黙った。自分の国を反省するように。だが言った。

—シロウたちには自由があるわ。私たち軍人には自由がないの。組織が全てよ。

アメリカの広大な土地に住み、自由を標榜するアメリカ人が、狭隘な組織に自分の自由とヒューマニティを明け渡す儀式の様が星条旗を背景に浮かんだ。

嘉手納ロータリーを北上して国道五八号線を左折すると、入り口と出口に別れた二つの赤いコンクリートの鳥居が足を交差させて並んでいるトリイ・ステーションを過ぎた。なだらかな傾斜地に、旧式な茶褐色のビルディングが連なって海に向かって降りていた。

—ここにも基地だ。

鳥居は世俗と異次元の世界との境界に立つ。鳥居の中は聖域で、人はそれをくぐると心が厳かになる。だが、鳥居の中は戦闘準備の基地である。入り口と出口の違う二つの鳥居は、いずれにせよ、出入する人にある割り切りを求めていた。沖縄人は生活のために出入りし、アメリカ人は祖国の安泰のために出入りしていたのだが、ひょっとしたらやはり生活のためにだけに出入りしていた。鳥居の二つの桟の間にはスターが掛かっていた。バービーは何の興味も示さず、通過する鳥居を見て、話し始めた。

—軍隊は男らしい男に溢れていると思ってた。パレードの凛々しさ。青と白のストライプの美しい制服。深めに被った帽子から窺い見る鋭い目。まさしくイーグルだわ。パパは一杯写真を見せてくれた。遠い国での数々の冒険。パパが肺炎で死んでから、軍に対する憧れは強まったわ。厳しい訓練。規則正しい生活。そして……

—そしてときめく出会い。

シロウが少し笑って付け足した。

—ブルシット！　サノヴァヴィッチ。

一瞬に声音が変わり、シロウはあっけに取られた。別人が助手席にいるようだった。

人家の明かりが少なくなり、闇が増した。その先は残波岬だった。

シロウたちの乗った車は残波・ロイヤルホテルに着き、シロウはホテルの和食レストランにバービーを伴った。少し見栄も張っていたが、バービーをあくまで最高級のレディとして扱いたいと思ったからだった。自分にはマリンほどの強さはない分、他のマリン兵には連れて行けない高級な場所へバービーを連れて行きたいと思っていたのだ。先程、その気持ちがたじろいだが、バービーは好奇心を取り戻していた。

ホテルでは結婚式が終わったらしく、華やいだ余韻が残っていた。花嫁、花婿がロビーの階段で写真を撮っていた。さして美男美女でもない二人の最高の時で、数週間後には凡庸な生活が二人を待っているはずだった。バービーは、「幸せそうね」とぽつんと言い、二人をじっと見つめた。シロウはバービーを促し、二人の側をすり抜けて階段をあがり、二階の和食レストランに入った。

—和食は好きよ。柔らかくて体に優しいから。

窓際の席に着いたバービーは言った。刺身の盛り合わせが来ると、赤身のマグロを摘み、わさびの効いた醤油をつけて口に運んだ。

—箸使いが上手だね。

—サンディエゴにはスシ・バーがあるし、故郷でも町にショッピングに出た時は、中華料理店によく行ったわ。ねえ、後ろの席のカップルも新婚さんでしょ。なあんにもしゃべらないのね。

—きっと照れてるんだろう。日本の若者ってそうなんだよ。え？　見えるのか。

—さっき入ってきたときに見たわ。熱い仲なのは音色で分かるわ。あれから何も聴こえないのが気になるけど。

—おいおい、後ろに目と耳があるのかよ。

—あら、あなたには見えないの？　あそこにもう二組いるでしょ。一人客が三名。それに子供連れの二家族。合計十七名。

シロウはどきっとした。目ざとい。どおりでマリンにいられるんだ。この子には何か発達したものがある。シロウは自分に見えない何かを見透かされているのではないかと一瞬背筋が寒くなった。

食事が終わって外に出た。風が強く吹いていたが、二人は岬に向かって歩いた。行く手の闇の中に、黒塗りの破竜船と巨大な赤いシーサーが突然現れた。赤いシーサーは砕かれた瓦が魔術で蘇生されたかのようにしっかとまなこを見開き、怒りを蓄えて海を睨んでいた。下から見上げると拡がった口からまさに炎を吐かんとする迫力だ。だがなぜかバービーはシーサーを直視しなかった。

—このシーサーはライオンというより犬だな。

—人の顔に似てるわ。

そう言って、バービーはシーサーに背を向けて岬の先へと急いだ。岬の風は強くバービーの髪を振り乱した。岩だらけの崖の下には黒い海が横たわっているはずだった。シロウはよろけるバービーの手を取った。風化したごつごつの岩が危険を感じさせた。少しの危険を共有することがこれから本当の危険に向かうバービーに敬意を表すことだと思った。

だがその時、シロウがバービーに対して肉感を覚えていなかったと言えば嘘である。バービーの手が少し振るえ、それは彼女の柔らかい肉体の感触をシロウの手に伝導していた。シロウはのどの乾きを覚えた。この娘を抱きたいと思った。異国の娘、しかも米兵を抱くことは越権行為のように感じられ、それこそが危険を共有することだった。どうせ彼女はトムと喧嘩別れしたのだ。何かを感じたのかバービーは突然、大声を出し、シロウの手を振り切った。

―ノー セクシュアル ハラスメント
―ノー セクシュアル ハラスメント
シロウは両手を上げた。バービーには突如として男に対する不信感が戻ってくるようだった。向き合って、しっかと見開いたバービーの碧眼は冗談には見えなかった。かといって激しい怒りが焚きついているのでもなく、赤シーサーの硬質で無機的なまなこと化しているのだった。
バービーは少し早足で歩き出した。灯台の明かりを目指して、黒々と突き出た巌を幾つか越すと、灯台の下で手振りを交えて会話している、ジャンパー姿の二人の若者が見えた。激しい手振りから口論しているようにも見えた。シロウたちの足が緩やかになった。女がスカートを掴んでいた左手を自身に向け、右手でその左手をぱんぱん叩くと、抑えを失ったスカートは激しく波打った。男はどうしてという風に両手を広げ、そして女の手を掴んだ。
「あ、あれは」
女の子は順子だった。順子は男の手を強く振って外した。男はたじろいだ。順子、とかけたシロウの声は風に飛ばされた。シロウを見た順子はうろたえた。風を受けて丸く孕んだジャンパー姿の男はシロウたちを怪訝そうに見返し、敵愾心を表した。頬を赤めた順子はシロウたちとすれ違って、公園の方へ小走りに去った。男が後を追いかけた。
―知ってるの？　あの子。

バービーが訊いた。

——少し。

——男の子が首ったけなのね。なぜなぜって訊いてるわ。別れ話みたいね。

——別れ話？　何だ。バービーは手話ができるのか。

——手話は分からないけれど、手信号を良く使うのよ。カンは働くわ。

——これは恐れ入った。特殊能力だ。

帰りの車の中で、不安が蜘蛛の巣のようにフロントガラスを覆ってきた。

——順子は大丈夫かなあ。一緒に乗せて帰れば良かった。

——あの子は大丈夫よ。

——なんでそんなことが分かるんだい。あの男の形相を見ただろう。今頃襲われてたら大変だ。

——そんなことは絶対ない。私には襲う人間は分かるの。

バービーの言葉はシロウを安心させ、同時にぎくっとさせた。さきほどバービーはシロウの手を振り切った。しかし自分は大丈夫だ。ほんの下心はあるかもしれないが——。シロウは気まずくなって苦笑した。

——バービーにはトムもいるしね。

——トム？　ハン、トムは臆病よ。だから付き合ってるの。

シロウはなんと言って良いか分からずにいた。……バービーが付き合うのは臆病な男か。と

すると腕を振り払われた自分はどっちだろう。

外の明かりを見つめていたバービーは、

―あの子は大丈夫よ、二人には愛がある。

と、ぽつんと言った。

五　深夜の普天間飛行場

このことがあって以来、シロウの頭にはバービーのことを考えると順子のことが入って来、順子のことを考えるとバービーのことが入ってきた。イメージの錯綜は鬱屈したものだった。順子が男と抗っている傍で、冷静に立っていたバービーの姿が次第に大きくなった。なぜバービーはあのように確信を持って、順子は大丈夫だと言うのだろうか。二人には愛があるだって？　そんなことがどうして分かる。また冷静な態度とは裏腹に時折蘇るバービーの不安と不信はとてつもないものだ。彼女は確かに傷ついている。しかしあの男は順子のいったい何なんだ。高校生のくせに早や別れ話だって？　いつから付き合ってるんだ。

バービーにはなかなか会えなかったが、順子は相変わらず定期的に週三回の夕方の授業に顔を出していた。受験をまじかに控えた順子は学習にいそしみ、シロウも無駄な口を利かなかった。順子の学習態度は他の講師からも評判が良かった。耳が悪いため、他の生徒と違ってよそ見をせず、講師がたじろぐほどに、まっすぐ講師の唇を見る。その懸命さはいじらしくもあった。

「いやあ、あの子に見つめられると緊張しますね」渡嘉敷が言った。

順子の目はそれほど美しかった。シロウを見つめる順子を見ないフリをしていたが、見ないフリをすればするほど順子が意識された。努めて後ろや横を向かず、順子が口元を読めるように前を向いて話を進めるのも結構疲れるものだった。

順子のこの一生懸命さと残波岬での出来事とは遠く乖離していた。ひょっとすると裏のある性格ではないかと疑われたが、順子の目は澄み切っていた。あの少年とはその後、どうなったのか。順子に何事もなかったことが安堵された。

仕事の後、シロウは、『ザ・デン』のカウンターに座って飲んでいた。客はまばらだったが、ひょっとしたらバービーが入ってくるかもしれなかった。

ワンステージ終えてカウンターに戻ってきたテディ・ベアが、リキュールをショットでぐいと飲んでゲップを吐き、一瞬呆けた時にシロウはかねてから疑問に思っていたことを訊いた。

「ひとつ訊いていいかなあ。何で熱帯魚なんだよ。俺の頭の中ではどうしてもテディが海に潜って熱帯魚を愛でてるところなんてぞっとしないんだ」

「アホ。熱帯魚はかわいいんだぞ。赤い胴体に青や白のストライプ、黄色い斑点、それに黒まである。なに考えてあんな色出してるんかなあ。つぶらな目でなあ、あご出して。そいつらがサンゴ礁の触手の間を縫っている。オメコみたいにぴらぴらなソフトコーラルの横を掠めてたりする。かと思えば海の空では銀色に輝く小魚たちの大群が一糸乱れず渦巻いているんだ。自然は凄いよ。あんなにして造れるんだなあ。おまえな、沖縄にいて海にも潜れないでかわいそうな奴だ」

「テディにそう言われるとは思わなかった」

シロウは違和感を覚えつつ、海んちゅにもなれない自分の肩身を狭く感じた。

テディ・ベアはスルメイカが歯に挟まったのか、指を口に突っ込んで、

「あのうよう。音がないんだよ。海の中って」と、もごもご言った。

「え、音がない？」

「まあ、厳密に言うと、何か振動が伝わって来はするけどな。要するに音がない」

「音って、テディ・ベアたちの専売特許じゃないか。うるさい音が好きじゃないんか？」

「わんねぇよう、こう見えても考える人なんだ。音を愛するから、音のない世界に憧れるわけ。すべて見る世界さあ」

「よう分からんね」

「いつもは音に圧迫されてるわけ。海に潜ると無音に圧迫されるわけさあ」

「……」

「宮城さん。あんた一週間くらいアパートの窓全部閉めて暮らしてごらん。その後で、何でもいいから自分の好きなＣＤ聴いてごらん」

シロウたちの会話を聞いて、風邪気味だったドラマーのターキが咳き込みながらも、にこにこして口を出した。

「きっと麻痺している感覚が蘇るかもよ」

毎日のように大音響をがなりたて、鼓膜が麻痺しているかと思われる彼らにしてそういうことを言う。音のない世界か。よしんば音があっても、それは必死の思いで重力に抗して泳いだ後、すぐさま果ててしまう世界。そのような世界に暮らしている熱帯魚たち。陸に暮らしている者たちにとって、海のような音のない世界は無縁……いや、ある……順子たちの世界──。

そこまで考えると、シロウは飲みかけのスクリュードライバーをぐいと飲んだ。カウンターのテディ・ベアが特大のマグにオレンジジュースを入れ、ウォッカをなみなみと注いだ。シロウはやけに喉が渇いて、ごくごくと飲み干した。血液が体内を勢い良く回り始め、気圧が上がり、一瞬、回りが静かになった。バックミュージックＤＶＤの喧騒なロックが消え、音のない海底まで暗いトンネルが繋がった。

一週間も無音の世界にいると順子が理解できるのか。シロウは自分が蟄居して耳栓をし、ついでに目隠しして座禅を組む姿を思い浮かべた。何もない世界。何もかも有りすぎる世界からの逃避。そこから掴む順子との連帯…シロウはそこまで考えて、俺は一体何を望んでいるのかと笑ってしまった。ぼんやりシロウを見ていたテディ・ベアはリキュールをもう一杯口に運んだ。

「もう酔ったのか。さあ、これから一仕事だ。俺たちゃMCASに行くんだ。アメリカ合衆国海兵隊普天間航空基地だ。どうだ、シロウ。一緒に行くかー？」

バンのフロアの中で楽器やら音響機器に挟まれて座ったシロウには、どこに向かっているのかほとんど分からなかった。バンは検問所で一時停止した。ガードとアオヒゲのやり取りが聞こえた。シロウの動悸が高鳴った。ジャケットの襟を高くして鼠のように身を縮めている自分は、ひょっとしたらテロリストだったかも知れないと錯覚した。酒の臭いが俄かに意識されて、数週間シャワーを浴びずに潜んでいたようだった。ここが沖縄の非難を一身に浴びている普天間飛行場だ。ここがマージたちの本拠地だ。この中で戦争の準備をしている。俺がこの基地に悪意がないと誰が言える？　見つかったら何と言えばいい？　何しに来た？　そうだ、俺達は慰問に来たんだ。地獄へ向かうあの連中のために。

バックドアが開いた。

—彼がお前達のシンガーか。降りろ。

シロウは胡坐を解き、よろめきながら車を降りて免許証を提示した。一人のガードがシロウのポケットを触り、写真を見比べている間、もう一人が車に積んだ荷を一つ一つ点検した。バンの車底には特殊金属探知機が当てられた。

―よし。行け。しかし彼は酔っているな。使い物になるのか。

―酔えば酔うほど調子の上がるタイプさ。

アオヒゲがウインクして答えた。

バンが発車した後、シロウは不安定に腰を上げ窓から外を見ると、霧の中に無数のヘリコプターが羽を休めていた。バンは広い飛行場を迂回し、向こう側のビルディングに停まった。

シロウは荒く息を吐きながらアンプなどを下ろした。荷をカートに積んでドアを開けると、そこは円形ステージのバックドアだった。ステージはフロアのレベルで客席がその向かいに半円形になって数段高くなっていた。

兵士たちが集まってきた。別のカートが回ってきてドリンクが振舞われた。演奏が始まった。兵士たちが熱狂してきた。シロウも飲みっぱなしだった。ふと気がつくと、シロウは何かに押されて、半円形の中央に出て踊り始めていた。人の顔なんて見えはしなかった。テカテカにライトが反射したフロアが揺れているだけだった。

何がシロウをステージに追いやったのか。好きな曲に興が昂じたからか。あるいは戦場へ赴くこの若者たちに敬意を表すためにか。兵士たちの喝采が聴こえた。

奇妙な踊りの恍惚の中に、哀しさが混じっていた。へべれけに酔っていたシロウは自分の踊りがだんだん陳腐なものになっていくのを感じた。

やがて一人の迷彩服の兵士がゆったりとシロウに近づいた。シロウは緊張した。遠近感を失ったシロウには、『マンハッタン』であったジムのようながっちりした体躯から、毛むじゃらな太い手がぬうと伸びてシロウの首筋を掴み、ステージから引きずり出すのではないかと思われた。

だが、その影は女で、ぎこちなく近寄った。それはマージだった。マージは松葉杖を突いていた。

別方向からもう一人男が近づいた。それこそマリンのSPに違いない。いや軍服ではない。着物だ。ひげを生やしたアラブだ。それは丹前を羽織ったアオヒゲだった。陳腐になったシロウの踊りに、アオヒゲは優しくシロウの肩を抱いて、ステージから外した。

「これ以上踊るとビール瓶が飛んでくるぞ」

—何やってるの。

マージは笑っていた。

—マージ、その足。

シロウの言葉はもつれていた。

――バービーからのメッセージよ。『ザ・デン』で渡そうと思ったんだけど。
マージは紙切れを差し出した。日時と場所と携帯の電話番号が書いてあった。
――彼女、お別れを言いたいんだって。

＊

バービーに指定された日はその週の日曜日で、土砂降りの雨だった。老朽化した外人住宅の平たい屋根が、激しくぶつかる雨水に穿たれるのではないかと危惧されるほどだった。青いペンキの剥げかけた天井を見つめながらシロウは昼まで寝ていたが、やっと起き上がると窓の外を覗いた。谷間になった敷地の芝は水に浸り、土間と同じ高さの床は家の回りの側溝によってかろうじて浸水を免れていた。リビングルームでは老犬のクロがせわしく歩き回っていた。昨夜家に入れる際、クロの足をちゃんと拭かなかったので、上ったカウチのクッションも汚れていた。

「クロ、こらクロ」シロウが呼んでもクロは返事をしない。耳が悪くなって、目をまっすぐ見ないと分からないのだ。シロウは舌打ちしながらシャワーを浴びた。午後はおかげで掃除に時間を取られた。

夕方になると雨が止んだ。シロウは出かける前に思い出して、隣のベティさんを訪ねて、三月分の家賃を払った。ベティさんは家で雨漏りする箇所はないかと訊いた。

—大丈夫ですよ。水はけは悪いけど。

—フロアが低地にあるからね。すみませんね。

領収書を切ったベティさんはそう言って、冷蔵庫を開けて半分になったアップルパイを出し、ホイルに包んだ。

—この前会った、あの子たちいい子ね。あなたの生徒さんたちなのね。

—時々はね、一緒に楽しんでガス抜きをさせないと。

—ひとりとてもかわいい子がいたね。印象に残ってるわ。

—ああ、あの子。耳が悪いんだ。

—そう、それで返事をしなかったのね。他の子ははきはきしてたんだけど。

ベティさんは少し考える風だつた。

—そう、耳が悪いの。あんなにかわいいのにかわいそうに。

ベティさんはさらに少し考えて、耳だけ年取ったのね、私みたいに、とつぶやいたので、ひょっとしてシロウの知らない、順子の肉体機能の一部分がひどく発達した挙句、ピークを過ぎて衰退しているのかもしれないと思った。シロウは話題を変えた。

—あのさあ、ベティさん。こんなことというのもなんだけど、あのマーフィーはガラが悪いよ。ベティさんには似合わない。

ベティさんは目を細めて表情を緩めた。

—あの人、ああなってるけどね。私にはわかるの。根っこはとても純情なひとなのよ。子供みたいなひとでね。若い時の写真を見せてもらったんだけど、それは立派な軍人さんよ。足をけがしてからお国に奉公もできず、思うような職業にもつけなくて。

—ベティさんは人が良いからな。パイありがとう。

家に入るとシロウは側で尻尾を振っているクロを抱き寄せ、白髪の混じった頭を撫でながら、異国で独り暮らしをすることは大変なことだ、伴侶はやはり必要だと思った。クロは白内障の入ったつぶらな目で全幅の信頼をもってシロウを見つめていた。

雨がまた降り始めた。中の町のミュージックカフェ『マンハッタン』で、バービーが待っている。近くに駐車したシロウは早足に歩いた。手帳に挟んだバービーのメッセージを抜き取って、電話をかけたが、教えられた番号をいくら押しても通じなかった。

今では潰れてしまったお店の名前を書き連ねたアーチをくぐって、脇道から中の町通りに近づくと、濡れた歩道の隅に立っている順子が目に入った。シャッターの下りた店の軒に身を隠しているものの、順子の髪からは露が滴り落ち、衣服も濡れていた。何かあったのだろうか。

シロウは岬で会った男の子を反射的に思い浮かべた。

「順子、入試はもうまじかだろう。こんなところで何してるんだ。風邪引くぞ」

近づくシロウに気づいた順子はそのまま去ろうとした。その時、角から出てきた出前の自転車がチリンチリンと警笛を鳴らした。

「あ、あぶない」

前を向いたままかまわず歩いた順子は、停まろうとしてバランスを崩した自転車と接触した。順子はひざまずき、シロウは駆け寄った。

「バカ野郎。聴こえないのか」

かろうじて岡持ちを平行に保った青年は言い捨てて、自転車は走り去った。ペダルが順子の右膝と接触したようだった。膝小僧からは血が横筋に沿ってにじんでいた。幸いに薬局は角向こうにある。順子は支えようとするシロウの手をすぐに振り切った。

「だめだ、手当てをしないと」

シロウが強くそう言うと、順子はびっこをひきながら素直について来た。二人は薬局に入り、目を丸くした白衣のおばさんから傷ドライ・スプレーとガーゼとテープを買い求めた。順子を丸椅子に座らせ、傷スプレーを吹き付けようとスプレー缶をかちゃかちゃ鳴らして攪拌したシロウを順子は睨んで膝小僧を出した。傷スプレーの白い泡は赤く腫れた傷をたちまちにして覆った。

「痛いか」

順子は首を振った。

ガーゼをあてがいテープで止める段になって、シロウは順子の膝元にいる自分の格好を意識した。裾をあげた順子の白い膝小僧と泡の引いた傷がにわかに艶を帯びた。

「あ、おばさん。お願いします」

二人を見ていた白衣のおばさんは心得たように、ハイハイと言ってカウンターから出てきてシロウと交代した。

薬局を出ると、早く帰りなさいというシロウに順子は何かを言いたがっていた。センセ、アリガトと言っているのかと思ったが、言葉は不明瞭で何を言っているのか分からなかった。

「はあ」

「センセ、アメリカジン、スキ?」と順子は大声で訊いてきた。

順子の声は太く調子っぱずれなものだった。音に敏感なシロウはこの声がどこから来たのかと訝った。この端正な、かわいい顔から出たものだとは思えなかった。シロウはその時、何かが崩れるのを感じた。とすればシロウはこの子から何を期待していたのか。思わず自嘲気味に笑ってしまった。

「アメリカ人はともだちだ。さ、早く帰りなさい」

シロウは順子を離れた。少し先のミュージックカフェ『マンハッタン』の階段を駆け上がると、窓際にぽつねんとバービーがオールディーズを聴きながら座っていた。グレーのズボンにグレーのジャンパー、それに青い虹彩に淡く囲まれた薄茶の瞳。すべて寒色だった。あらためて地味な女だと思った。

—電話したんだよ。通じないじゃないか。

—ごめん。携帯はきのう回収された。そろそろ沖縄を離れるの。

シロウが座って、水を出すウェイトレスにコーヒーとピラフを、バービーがオレンジジュースのお代わりとサンドイッチを頼み、ウェイトレスが去ると、順子が手すりに手を掛けて膝を庇いながら二階に上がってきた。順子とバービーは一瞬、強い視線を交差させた。順子の右手にはシロウの手帳があった。

—あら、この子。ザンパ・ケープであったたわ。

バービーは作り笑いをしたものの、順子のきつい顔に怖れをなした。近づいてきた順子は雨に濡れたシロウの手帳を無造作にテーブルに置いた。水滴が少し跳ねた。

「ありがとう。拾ってくれて」

だが順子はすぐにきびすを返したので、シロウの礼は届かなかった。シロウはポケットからハンカチを取り出し、自分の手帳を拭いた。角の方は中まで濡れていた。

—あーあー、こんなに濡れちゃって。

気まずい雰囲気になった。シロウは弁解がましく、なぜ順子がシロウの手帳を拾って届けたのかを説明したが、バービーはさほど気にする様子もなく、そのささやかな混乱がバービーの大きな混乱の告白を容易にしたようだった。

—あたし、デザート（砂漠）に行くの。

—え、デザート？　イラクか？

バービーはうつむいた。

—そうだろうと思った。ずい分短い沖縄での滞在だったね。で、いつ？

—来月のいつか。

—戦争が始まってもう一年だ。戦争が三月に始まって、公式には五月にはブッシュが空母の上で勝利宣言したけどね。でも終わっちゃいない。だらだら続いている。アメリカの被害は戦争が済んでからの方が大きいらしい。

—もう戦闘に参加するわけじゃないわ。ミッションが違うの。イラクの復興よ。私たちは荒廃した町の秩序と安全を確保するの。

バービーは空になったオレンジジュースの氷をストローで器用に口に運び、転がしていた。

―この前は群集整理の訓練を受けたわ。私たちが守る簡易銀行へイラク人たちが押し寄せるシミュレーションよ。仲間のマリンがイラク人みたいに白衣をまとってね。多くの人々は困窮を訴えているのだけれど、中には敵意を持って、油断すると銃を奪おうとするの。それをすばやく見極める訓練ね。銃を持った兵士は後方に、私たちは銃を持たずに、ピストルをホールダーに収めたまま前に並ぶの。いろんな手が伸びてくる。押されても、それに耐えるの。罪のない市民に発砲しないように。

―人間だからね。恐怖に駆られたら、誰にでも発砲するだろうよ。その他にもパトロールとか、車両検問だとか、人の家に押し入ったりするんだろう。

―強盗みたいに言うのね。

―俺は聞いたぞ。疑わしい奴がいないかどうか、一軒一軒人の家を捜し回る。その時に女性がパトロール隊にいれば、家の人も安心する。集団暴行も起こりにくいだろう。つまりテンション・リリーザー(緊張緩和役)として利用されるんだ。しかし先月何人の米兵が殺されたか知ってるかい。ニュースでやってたよ。五十人だ。それも月平均では少ないほうだ。イラク人と比べるとどうか。はるかに少ない。君には、イラク人が何万人殺されたかはあまり興味のある話題ではないだろうが。

ウェイトレスがシロウのコーヒーと、バービーのオレンジジュースのお代わりを運んできた。

シロウはコーヒーを啜って窓の外を見た。本当に多くの人たちが死んだ。米軍は多くの人たちを殺した。バービーも人を殺すだろう。おそらくバービーは戦場に出たことがなくて、シミュレーションばかりやっているルーキーだ。戦闘はまだまだ彼女にとっても抽象的な出来事だ。この娘は何も分かっちゃいない。この娘が人を殺して帰ってきたら、その時はもうこのバービーではない。悪夢に脅かされるバービーだ。前科者のバービーだ。

—それにユーが加害者になるとは限らない。

と切り出してシロウはためらった。

一発の弾丸で彼女の体はくり貫かれ、死を逃れたとしても長い不遇な人生を送る。捕虜になったらどうなるか。女だと分かったら、倒れた彼女に敵兵は群がるだろう。古今東西、戦場とはそういうものだ。重傷であろうが軽傷であろうが無残に服を剥がされてレイプされる。敵兵の種を宿す。なんという悪夢だ。

バービーはシロウの思惑を透かすようにシロウを見ていた。シロウは外に視線を向けた。バービーも外を見た。雨がしとしとと降って、窓に水滴をなすりつけていた。シロウとバービーは窓ガラスに映った、水滴だらけの互いの姿をほんの一瞬見つめ、逸らした。バービーの目はクロの白内障のように曇った球になって、褪めた銀髪が白髪のように映り、そこには余生短い老婆がいた。老婆は何かを呟いていていた。

こちら側では、オールディーズの甘い曲が二人を恋人同士のように包んでいた。シロウは苦いコーヒーを口に含み、バービーはジュースをストローで少しずつ吸った。

―私ね、ほんの少しのお付き合いだったけど、友情をありがとう。それだけを言いたかったの。

シロウはそれを聞くと、もう何も話すことはなかった。二人は続いて出たピラフとサンドイッチを黙々と食べた。食事が終わると立ち上がり、シロウは勘定を支払った。

―戦争が終わったら、私はキャンパス・ライフを楽しむわ。そして生徒に囲まれているシロウのような先生になるわ。

―ずい分小さな夢だね。

シロウは笑った。

―平和な人生だわ。

バービーの口元がなごんだ。

六　分かれ目

入学試験が終わった。中学校過卒生のタケシはコザ高校に入った。高校過卒生の加奈子は琉球大学に合格したが、現役の順子は落ちた。確か特殊学校の教員志望だった。

「えーと教育学部。教育学部」

塾の窓際に張られた速報をどう見ても、順子の名前はなかった。

「大学が順子のことに理解があったから、入ると思ったんだがね。解答できなかったんだろうか」側に来た渡嘉敷が首を捻っていた。また一年、塾通いをするのはいいとしても、生まれて初めて所属先を失うのである。不安に苛まれる自由が待っている。

シロウは心配になって順子のメールを着信の履歴から探し、エールを送った。

『残念だった。でも又がんばろう』

おそらく返事はないだろうと思っていたが、メールが返ってきた。

『この前のアメリカの女の人に会いたい』

順子がバービーに会いたいとはどのような心理であろうか。アメリカ人に興味がある。同じ年頃のアメリカ人の女の子に興味がある。同じ年頃の、アメリカ人の兵隊である女の子に興味がある。そのどちらだろうか。単に気晴らしを求めているだけなのかもしれない。バービーはいつ沖縄を離れるか自分でもわからないと言っていた。早いほうがいいが、携帯は使えないと言っていたのでどのように連絡をしたらよいのか。

その夜は職員同士で飲みに行く予定が入っていた。受験が終わったご苦労さん会だ。中の町仲通の街路樹の下には、雨傘を差したバーの女性たちがものも言わずに立っていた。民謡酒場に入ると、壁には女性の水着姿のオリオンビールの大きなポスターが貼られていた。ずい分前のポスターだからモデルはもう何歳になるだろうかと、社会科講師の渡嘉敷が言った。

提灯電灯に照らされた隅のステージで、着物姿の男女が三味線を弾きながら、哀しい恋歌を唄っていた。シロウはいつものことながら、二丁の三味線だけで十分に織り成される音の世界と、立っても肩掛けを必要としない三味線の奏法に感心していた。泡盛が来ると、主任はコップにそのまま注いで、がーっと飲み干した。

「宮城先生はロックが好きだって？　僕は民謡だね。沖縄の音階には人を癒す何かがある。先生はアメリカが長いから、もっと沖縄を理解しなきゃ。ロックは疲れませんか。毎日パーティやってるみたいで」と主任が訊いた。

「そうですね。もっともロックにもわびさびの効いたバラードがありますけどね」

シロウは渡嘉敷の挟む氷をグラスに受けながら答えた。人を癒す何か、か。普段は聴く気にもなれない民謡は確かに南国の生活と密着し、その悲喜こもごもを表現している。その独特の節回しや、愁いを湛えた琉球音階は、自分でも気がつかなかったが、ロックでは満たされない自分の情緒をなぞっていた。やっぱりウチナーンチュだ。忍ばれた恋心が、奥ゆかしく様々に例えられて、普段は経済生活に押されて埋没している情感の深さだけが、本当は人間にとって確かなものだと思い出させるのだった。

主任は、ヨオ、オレも一丁行くか、と手を上げた。ステージの歌い手は笑って、主任を招いた。弾ける楽しさが掻き鳴って、主任は拍子抜けした「ハイサイおじさん」を歌い出した。他の講師たちは手拍子を取った。

喧騒の中、ふと気が付くとシロウの携帯が振動していた。事務所からだった。順子の母親が会いたいそうだ。

「主任ではなくて僕でいいんですか」念を押した。

シロウは主任と渡嘉敷達を残して店を出た。胸騒ぎがしてきた。

事務員が玄関を閉めて帰宅した、暗く人気のない学習塾の前で、順子の母親はブルーのロング・ドレスの上にショールを羽織り、傘をさして立っていた。髪結いはバレリーナのように束ねられていて、そのまま社交ダンスに行ってもおかしくない風情だった。

「ああ、どうも大城さん。残念でしたね、順子さん」

「順子が見当たらないんです」

「お友達とどこかへ行っているんでしょう。」

「そうだといいんだけど、朝からいないんです。携帯にメールしても受け取らないし」

シロウはとにかく母親と一緒に、予備校から家までの通学路を歩いた。中の町仲通りと並行して走る税務署通りは外灯が明るかった。また雨が大粒に降り始めた。二人はネオンの揺らめく水溜りを避けて歩いた。シロウは母親の無口に試験に落ちた責めを感じた。

「あのですね。あまり心配しないほうがいいですよ。チャンスはまだまだありますから。成績はいいから、もう少しなんです。試験が難しすぎるんです。何しろ、落とすためにあるような問題ばっかりで」

「あの、先生。あの子につきまとう子がいて」

残波岬で見た少年の姿がチラと浮かんだ。バービーが別れ話みたいだと言っていた。

「私、やかましく言ったもんだから。かっとなったんです」

「いつのことですか」

「昨夜。部屋に閉じこもっているると思っていたけど、今朝見たらいなかったんです」

「なんと言ったんです」

「あんな子たちと付き合っているから入試に落ちるって」

「あんな子たち─とは聾学校のお友達ですか」

「順子の聾は軽いんです。まったく聴こえないわけではありませんので。これから新しい世界を開いてもらわないと。いつまでも昔の人たちと一緒では、将来に差し支えが出てくるのでは」

シロウは今まで考えたこともなかったが、音の聴こえない同士の連帯が、強いものだろうことは察しがついた。そして同じ障害をもった者同士が一緒になったときの、子への遺伝の確率は高くなるだろうし、家庭がますます内に篭ってしまうことも察しがついた。

シロウには母親の恐れていることが分かるような気がした。それも人生、あれも人生と割り切ってしまえばそれでよいかもしれないが、母親は順子が標準的な生活を送る可能性に賭けていた。よい教養。よい就職。よい結婚。よい家庭。

母親は歩を止めてシロウに向いた。

「先生。これからどうしたらいいでしょう」

せっぱつまったまなざし、上ずった声にシロウは慌てた。

「いえ、災害にあったわけではありませんから。現役で入れるのは少なくて、浪人は普通です」

「大学に入って、そこから新しいスタートができると思っていましたのに。頭のいい子で、決して成績は悪くないし。もう私はどうしていいか分からない」

「また勉強を続ける機会を得たというふうにお考えになったらいかがでしょう。一段と伸びますよ、順子さん。この年頃だけです。こんなに勉強できるのも」

本当はこの時期には目一杯遊んだ方が良いと考えているシロウはひどいウソをついている。大学に入ってからのびのびと学んだ方がいいに決まっているが、アメリカの大学と違って日本の大学は鬼門を通らないと全てが始まらない。

「なぜかしら。なぜ落ちたのかしら。偏差値にも問題はなかったし、ハンディがあるので特別枠で入れると聞かされてましたのに。やはり英語が悪かったのかしら」

シロウは言葉に窮した。

「先生」母親は横目でシロウを見た。

「あの子を連れてどこかへ行ったことがありまして？」

「あ、いや、ちょっと。食事をしたことはありますが」

母親はやはり自分を責めているんだろうか、とシロウは思った。

「危ないところへは連れて行かないですよね」

「いや、連れて行ったことはないですが、会ったことはあります」

「ライブハウスでしょ。外人専用の。やっぱり。先生もそこへいらっしゃるんですね」

「そりゃ音楽は好きだし。仕事の後は一杯やりたいですよ」

「そこかも知れません。そこへ連れてって」

「しかし、そのようなドレスでは」

「そうかもしれません。若い人ばかりのところへ行くのは私だって勇気がいりますわ。でも順子が行くところがどのようなところか知りたいんです」

「ではご案内しますが、入場料を取られますから、外で待っていてください」

二人は中の町から坂を上がってゲート通りに出た。この前、順子が立っていたところだ。闇にネオンが忙しく点滅していたが、シロウはそちこちの角に順子のイメージを置いた。

通りを歩くと、すぐに『クラブ・マニラ』の前にたむろしているフィリピン女性と目があって、母親は緊張する様子だった。南方の情熱的な目に押しやられて母親の切れ長の目が逸れた。通りすがりのGIたちもクラブの女性たちから母親に目を移した。一緒に歩いているシロウも皆にじろじろ見られている感じがした。

『マーフィーズ・プレイス』の前に立つと、ドラムの地響きが耳をタップした。もぎりの青年はきょとんとこの中年の美人を見た。シロウがチケットを買い、すぐ戻ります、と言って階段を上がり、中に入ると、バリバリ破れるような音がつんざいていた。シロウは目を凝らして客を見回した。

ジーンズにジャンパー姿の順子は、同じくジーンズを穿いた少年と一緒にいた。すぐにシロウに気づいたが、そ知らぬフリをした。少年はシロウを睨みつけた。シロウは躊躇した。このまま、母親に伝えてもいいのだろうか。でも伝えないわけにはいかない。シロウは外に出て、母親に順子が中にいることを伝えた。

「でも男の子と一緒なんです」

「五郎だわ。まあ、どうしましょう」

「どこにいるか分かったからもういいでしょう。無理に帰さない方がいいかも」

ここで待っているわけにもいかないし、と二人は米兵の行き交う路上で周りを見回した。

—どうしました。

ふらりとやって来たマーフィーはカウボーイ・ハットを脱いで、母親に慇懃に声をかけた。シロウはどうしようかと迷ったが、人を探している、この人をちょっとの間だけ中に入れてもいいかとマーフィーに訊いた。どうぞ、どうぞ、と母親を笑みで送ったマーフィーは、続けて上がるシロウに、おい、尋ね人は未成年ではないだろうな、えらい若いお母さんだ、とシロウの肩に手を置き、念を押した。その時、踊り場のドアが開いて、順子と五郎が出てきた。

「順子」

ひどくばつが悪そうに順子は母親をすり抜けて、シロウとぶつかった。五郎は下りるに下りられず、踊り場で立ち尽くしていた。順子はそのまま走り去った。母親は後を追いかけるようにふらふらと二、三歩繰り出してすぐに諦めた。

「そっとしましょう」

シロウは母親にそう言った。五郎が二人を迂回して追い越した。

「今夜、遅くまで帰らなければまた連絡下さい。でも、しばらくそっとした方がいいですよ」

後ろではマーフィーがマイ、マーイと頭を掻いていた。

＊

翌日、バービーから電話が入った。

—友人から携帯を借りてるの。来週には沖縄を出るわ。いろいろありがとう。

シロウは順子がバービーに会いたがっていることを告げた。

—私も会いたい。なぜか彼女のことがすごく気になっているの。

シロウは二人をどう取りまとめていいか分からなかった。どこかのカフェで二人の間に座らされても場を持たせる自信はなかった。ふと、ベティさんが間に居れば安心で、一番丸く収まると思いついて、ベティさんとは面識のないバービーにそう告げた。ベティさんには後で、その旨を知らせればよい。あの人なら歓迎してくれるだろう。その後、順子にメールを送った。

『この間のアメリカ人の女の人も、順子に会いたいそうです』

順子の大学受験不合格はバービーの前線配置に比べるとまだ救いがあると思えた。競争に負けて、社会から撥ね付けられた感じ、手の届くところにあると思っていた社会参加許可証の取り消しは順子の境遇からすると確かに痛いだろう。それに比べると、バービーの出陣には命が掛かっている。順子の一、二年の社会参加への遅延にどれほどのことがあるだろう。

だが、翻って考えるとバービーの入隊は必ずしも失敗とは言えない。悲劇が待ち受けている可能性もあるが、無理をせず、悠長に戦争の終わるのを待って無事に除隊すれば、念願の奨学金を貰って大学にいけるだろう。いちかばちかの賭けにこの貧しい少女は打って出たのだ。シロウは順子をバービーに会わすことで、バービーから何らかの生きる勇気をもらえればいいと思った。この二人は共に現状打破を図っていた。

そこまで考えても、なぜこの二人が会いたがっているかということの疑問は解けていなかった。バービーは男に抗っている順子を見て、過去が触発されたのだろうか。そして順子はバービーに何を感じたのか。シロウが後ろめたく分かっているのは、あの時、シロウがバービーを抱きたい衝動に駆られていたことで、そんなことが順子に伝わったわけではないだろう。

シロウはメールで指定された中の町で順子を拾った。県道を南下し、プラザハウスを過ぎ椰子並木を見ながら、さらにクバサキ・ハイスクールを過ぎて、キャンプ・フォスターでバービーを拾うまで、後部座席に座った順子に首を回して話しかけてみたものの、順子はあいまいにうなずくばかりだった。訓練から帰って着替える時間がなかったのか、珍しく迷彩服のままのバービーが乗り込むと、ごわごわの生地が擦れて音を立てた。車の中で二人はおずおず握手をした後、とまどいが感じられ、静かになった。ベティさんは二人の少女を迎えて興奮気味だった。

—オー、ジュンコ。覚えているわ。アーそしてあなたがバービーね。ステイツはどの州から来たの？

ベティさんのやさしさと饒舌がこの二人を活気づけた。

—後でマーフィーさんが来るけど、気にかけないでね。

シロウにそう言って、ベティさんがキッチンに去ると、バービーは手探りで順子に話しかけた。順子は解読しようと懸命になった。バービーの英語をシロウが日本語に訳してあげると順子は理解できたけれど、その逆にシロウには順子が何を言わんとしているのかを察することは難しかった。むしろバービーの方がカンが働いていた。それでバービーはひたすら話し掛け、順子はバービーを理解することに喜びを示した。

マーフィーは無精ひげを剃り、小奇麗にして来た。もちろん長袖は腕の刺青を隠している。三本ほど持参したうちのレッド・ワインを開け、三人をちらちら見ながら、しばらくの間は静かにテレビを観ていた。

七　最後の晩餐

天井の扇風機がゆったり回っても、風が届いているのか届いていないのか分からない。それでもひんやりするのは雨で蒸せたので、まだ三月の末だというのに冷房を入れたからだ。

それは妙な会食だった。最後の、と言うのは憚られたが、要するにイラクに赴くバービーの晩餐会だった。沖縄の人間としてはがんばってこいよ、とも言えず、とても壮行会にはならなかった。がんばるとはどういうことか。人を殺してこいということか。

しかしマーフィーはベトナム戦争での自慢話を繰り返し、バービーに熱いエールを送っていた。たいしたもんだ。女の子が戦場へ行くなんて。俺たちの時代には考えられないことだ。ユーナイテド・ステイツのためにがんばれ、と言うのだった。ユーの発音が長引かれ、洗練されたトークショーの強調した響きにも、アラバマの田舎者らしい響きにも聞こえた。

バービーは丸顔をさらに丸くして笑顔を繕い、グリーンピースのスープをすすっていたが、話の途中でスプーンを置き、順子に向かって手話を繰り出したので、マーフィーの話にはうわのそらだったことが見て取れた。マーフィーはそんなバービーに気づきながらも、ワイングラスを早いピッチで口に運びながら、自尊心を全うすべく独演会を続けていた。

ベティさんが酸味の強いチェダー、固めのパルメザン、白い粒々のカテージ、ソフトなカマンベールなどチーズのアソートメントのお皿をマーフィーのワイングラスの側に置くと、マーフィーはどれから食べようかと目を広げた。

—さあ、どうぞ。どうぞ。

いったんキッチンに引き返したベティさんは、ブルーチーズをたっぷりかけた大盛りのシーザーズサラダの皿をバービーと順子に持って来た。二人は大げさに手を叩いて、うれしさを表した。

ベティさんには娘がいたわけでもなく、戦場へ赴くバービーとも初対面だった。それでも異国に来た若い娘に対しているると、優しい胸にいろいろなことが去来するのだろうか、募る心配を隠せずに、不意と老眼鏡を摘んでハンカチをやり、目を拭いてキッチンへと去った。

バービーの手話に信憑性があるようではなかった。もしバービーが本当に手話を知っていたとしても、日本の手話とアメリカの手話とは違うはずだった。シロウが、ほう上手だね、と褒めると、自己流よ、と返しながらも順子に向かって手を繰り出した。二人の心は何とか通じているのだ。

―ウーン、グッド。

ブルーチーズのかかったレタスを口に頬張ったバービーはＯＫサインを出した。順子は笑って、サラダを口にし、頬を二度、軽く叩いた。

フォークを置いた順子は指を開いた甲を、はためくように左から右へ移動させ、遠くを指差し、両手の指先を合わせて三角の屋根を作った。

順子の速度を落とした手話は気功のように舞い、優雅だった。シロウは白く尾を引く順子の繊細な指の軌跡を追った。バービーは、あ、これ知っている。アメリカの家ね、と言い、私の家はカントリーサイドと説明した。

―アー、ファーム、マウンテン、と言い淀み、シロウにファームとスノウ・キャップッド・マウンテンとリバーは日本語でどう言うのかと訊いて来た。

「牧場、白い山脈、小川」そう言うと、シロウの唇を読んだ順子に笑みが浮かんだ。

見渡す限りの丘陵。所々の潅木。大陸の乾いた空の下で草を食む牛たち。遠くに茫洋と見える白山……この島のごちゃごちゃとした隘路、小高い丘というよりやたら段差の激しい地形、市街地の塵芥を運ぶ、鬱蒼とした谷間の濁流しか知らない順子にはるかな大陸の光景がどのように想像されるのだろうか。

しかし順子の澄み切った瞳を見ていると、その奥には白い山脈を背景とした広大な牧場や、ゆったりと流れる河川をくっきりと映し出しているように見える。バービーは大きく腕を広げて回した。順子は右手で山を描き、両肘を左右に開いた。

大きな目をさらに大きく開いた順子の笑顔。狭い瞳孔を嬉しさで緩めたバービーのくしゃくしゃになった笑顔を見ることができるのは稀有なことだったが、やはりこの二人が一緒にいるのは不思議だった。顔がほてってきたシロウは口に含んだワインで酔ったかと、二人の帰りを送っていかなければならないことを思い出してあわてた。

この二人を結びつけるものは…少なくとも若さだった。バービーは十九歳で順子はまだ十八歳だった。肉体的に花開き、ドレスを着たがり、未来の花束を抱いて、何をしなくても予感だけで、人生は素晴らしいと感じることのできる青春の真っ只中に二人はいるはずだった。

二人の間には六十代に入ったマーフィーとベティさんがいる。この二人は、何やかんや言っても沖縄が好きで、大陸の社会を捨てて多少の不自由を忍びながら、こんな島に住んでいる。

この二人を結びつけるものは異郷における老いであろうか。

沖縄人の奥さんがいるときは若い女性が好きで、奥さんをてこずらせたマーフィーは奥さんに死なれてから逆に女遊びをしなくなった。独り身になって数年経った今、同世代のベティさんを話し相手にしている。ベティさんの夫は立派なエアフォースの将校だったらしい。壁の額縁から軍服に威厳を正して居間を見下ろしている。息子が一人、国に帰っている。

米軍放送テレビジョンのAFRTではマリンの特殊学校への奉仕活動が紹介されていた。知的障害の子供たちに私服のマリン兵たちがイースターのゆで卵を配っている。子供たちは赤、青、黄色に染まって一つ一つ丁寧にイラストが描かれたゆで卵を持ち大きく口を開いて笑っている。

突然、ラムズフィールド国防長官のメッセージが始まった。眼鏡越しの上目遣いでこちらを直視しながら、イラク情勢について語りはじめた。

フセインは捕まったが、まだ抵抗勢力はいる。しかしそれはイラク国民の支持を得られていず、それらの勢力が一掃されるのは時間の問題だ。我々はイラクに民主主義を植えつつある。イラク人に自由を与えよう。

マーフィーが愚痴っぽく応じた。

—そりゃ、そうだ。だが、我々アメリカ人はなぜ又、こんなにまで世界のために尽くさなきゃいけない羽目になったんだろう。人が良すぎないか。

—バービー、モンタナの家族には手紙を書いているの？　と、ベティさんが訊いた。

—書いてるわ。eメールよ。母はメカに弱くってメールを書かないんだけれど。妹がいるからね。書いてもらうの。

―そうなの。早く帰ってきてほしいでしょうね。

―ちょうど順子に故郷の話を聞かせていたの。子豚が十四生まれたんだって。

バービーは子豚が右往左往するように、膨らませた頬に両手を添えて体を揺すった。皆は笑ったが、普段無表情なバービーの人を笑わそうとおどけるしぐさに、シロウはやはり心中に常ならないものがあるのではないかと感じた。

順子もひょうきんに鼻を二指で押し上げて豚を表現したが、笑いの調子がはずれてゴボッと太い音を出したので、皆は意外そうな顔をし、順子は察して、失禁したように顔を赤らめた。順子の慌てた様子がほほえましかった。

シロウは訳して上げながら、この異文化交流を見守っていた。二人の内向的な少女が多弁になっている。ラムズフィールドを無視して豚のまねをしている。

国防長官の演説を聞き終わったマーフィーが、テレビの前のソファから立ち上がって、バービーの傍に行き、バービー乾杯だ、と赤ワインの満ちたグラスを差し出した。バービーは苦笑してグラスを受け取った。マーフィーは首を前に差し出して、グラスを持ち上げ、深い眼窩の底からバービーの目をまっすぐ窺った。マーフィーの目はすでに酔って澱んでいた。

―チアーズ。

そのとき、今まで笑顔を作っていたバービーが狼狽し、グラスを乱暴にテーブルに置いた。グラスからワインがこぼれたが、かろうじてグラスは倒れなかった。バービーは立ち上がってキッチンに行き、流しの水道を開けて、すごい勢いで顔を洗い出した。

―バービー。洗面所は向こうよ。

キッチンにいたベティさんにそう言われて、バービーははっと気がつき、渡されたタオルで急いで顔を拭いて、アイム ソーリー、と居間に戻ってきた。

ベティさんはキッチンから出てきて、どうしたの、気分が悪いの？ とテーブルを拭きながらバービーに問うた。

―何でもないわ。アイム ソーリー。

本当に何でもないようにバービーは笑顔で答えた。順子とシロウはきょとんとしていた。自分と乾杯をしてくれなかったバービーに、マーフィーも決まりが悪そうに立ったままだったが、ソファに戻ってそっと腰を下ろした。

―あ、焦げ臭い。

バービーがそばかすの散った鼻を動かすと、ベティさんは慌ててキッチンへ向かった。三人は後を追った。オーブンの中ではじっとりとターキーが焦げあがっていた。

バービーはベティさんを助けて、すばやくオーブンを開け、換気扇のスイッチを押した。手袋をしてターキーを取り出し、調理台に置いた。焼き肉とガーリックの匂いがキッチンに充満した。

―大丈夫だわ。ターキーの皮は焦げた方がクリスピーでおいしいの。

と、バービーが手袋を舐めた。

ベティさんが包丁を入れる。中のまぜご飯と野菜やパンの詰め物の湯気が七色の香りを運んだ。バービーが戸棚から皿を出し、切られたターキーを盛る。順子は何かしなければいけないと思ったのか、勝手に食器棚を開けてフォークとナイフを揃えた。

―マイ、マーイ。これはおいしそうだ。

居間に盆や皿が運ばれると、マーフィーが長い首を伸ばしてテーブルに加わった。

それぞれのターキーにグレービーがかけられた後、ベティさんは、お代わりはご自由にねと、テーブル真中のランを生けた花瓶の傍らに、半分ほど切り取られたターキーの丸焼きを置こうとし、届かなかったのでマーフィーが危なかしく中腰になって手伝った。

パサパサしていると思ったターキーは柔らかく、ジューシーだった。たまねぎ、にんにく、セロリなどをパンと一緒にしたスタッフィングも悪くない。シロウは醤油味の方がよかったけれど、グレービーの味もまあまあだった。ターキーを食べ慣れないはずの順子もおいしそうに食べていた。

―うーんおいしい。バービーは覚えたばかりの手話で、ほっぺたを叩くしぐさをした。

―順子さんもおいしいかしら。コミッサリーで買ったから、本国から送られてきた冷凍ものなんだけれど。

ベティさんが訊いた。シロウが訳すと順子は大きくゆっくりほっぺたを撫でた。

―そうお。よかった。あのね、クランベリーソースもあるのよ。試してみて。

ベティさんはガラスボールに入った赤いクランベリーソースをすくって、順子のターキーの傍らにかけた。順子はソースを舐めて顔をしかめた。

―酸っぱいかしら。

ベティさんは少し残念そうに言った。

さきほどの気まずさはなくなり、本当に何でもないようだった。バービーは楽しそうだ。

四人の口がいっぱいになって、無口になると、テレビの音がはっきり聴こえた。沖縄へ来た新兵たちのために、ダイビングについての注意をしていた。なぜか画面が時代がかり、白黒になっていた。各地のダイビングスポットというか危険地域が紹介され、肝試しに高台から飛び込む無謀な若者が多いこと、毎年、水死者が出ていること、決してプロのダイバーの随伴なしに勝手にダイビングをしないことが通達された。

テレビに写された崖は、バービーと行った残波岬に酷似していた。そこで五郎と諍いをしていた順子と会ったのだった。二人の少女はテレビに無関心だ。危険な所に行くな、か。イラクに赴くバービーは満足そうにターキーを食べているが、危険をどれだけ感じているのだろうか。それにしてもバービーのさきほどの行動はなんだろう。皆は忙しそうに口を動かしているが、胸にそれぞれの思いを抱いている。当たらず触らずの雰囲気ができていた。ベティさんだけ、時々、不安そうな表情を浮かべて、四人を見回す。

やがて不機嫌さが混じったマーフィーはアメリカ製の硬い革靴で床をタッピングしながら、同じくゲート通りに店を構えるアオヒゲたちの悪口を言い始めた。

—あいつらは、アメリカ人のおかげで飯を食いながら、アメリカ人の悪口をいいやがる。日本語なら分からないと思っているんだろう。沖縄なまりの日本語なら分からないと思っているんだろう。こちとら何十年も沖縄にいるんだ。何言ってるかくらいは見当がつく。あいつはきっとジェラスしてるんだ。今どきオキナワンロックなんて流行るもんか。やはりロックはアメリカ人がやるもんだ。おとなしく三味線でも弾いていればいいものを。

レタスの新鮮さを確かめるように、さくさくとサラダにフォークを刺していたベティさんは眉をひそめて老眼鏡越しにマーフィーを見た。

—人の悪口をいうものではありませんよ。昔、あの人たちにはお世話になったでしょう。

—シット。戦場の何たるかを知らないで、俺たちを慰めたつもりでいる。そのくせ、あいつは自分もベトナムに参戦したように、ようブラザーと気軽に俺たちの肩を叩く。俺たちを出汁にしてそうとう儲かりやがって。ハイエナのような野郎だ。しばらくしけた生活をしていたと思ったら、イラクが始まってまた血の臭いを嗅ぎやがって。ところがミュージックときたらどうだ。あの時分の曲しか知らないで、取り残されていやがる。覚えられないんだよ、新しい曲が。年だけ取りやがって。

マーフィーはちょび髭についた膩脂のワインを袖で拭った。そして、俺はもう忘れたいんだよ、全部、と意味不明なことを呟くと、気を取り直して顔を持ち上げた。

—俺の店に来て見ろよ。若い子達で一杯だ。バンドはナウいミュージックを知ってるし、若さが発散している。バービーのようなマリンも来るし、エアフォースも来る。俺はこの廃れた町に新風を吹き込んでいるんだ。ま、未成年者は困るがね。バービーいくつだ。

—二十一よ。

「順子いくつ?」シロウが訊くと、状況を察して自分を指差し、二と一を出した。

食事が終わると、シロウは外に出た。

雨上がりで虫の鳴き声がかしましい。蒸せる空気の中でぼおっと白い亀甲墓が浮かび上がっている。居丈高な門構えは昼間と同じだが、墓は夜、生き返る。私たちはこの土地で生きてたんです、とそれぞれの人生を強調する建築物。畳の上で亡くなった人も戦争で亡くなった人もいるだろう。シロウはなだらかな円や硬い直線を目でなぞった。甲羅と思えば堅固だが、子宮と思えば危うい、そのまろやかさが手を伸ばして摩りたい気持ちにさせる。墓は愛でてほしいと言っているようだ。子宮の丸みはあらゆる人生を受け入れるように感じる。

その向うにアカバナーの垣根があってシロウの住宅がある。しんとしている。人影を察知するとワンワン吼えたクロも最近は、ドアの側で寝てばっかりいる。老いは誰にでもやってくる。次に死も。

墓と外人住宅。中部では不思議と古い外人住宅の周りに墓がある。あるいは墓のあるところにあえて住宅を建てたのか。外人住宅は沖縄に外国を持ち込んだが、墓はここが確かに沖縄であることを譲らない。グソーに国境なんてあるものか。シロウはそう思うが、それは妙にワープした世界である。ともに異郷への入り口である。

平べったい外人住宅そのものが過去の亡霊のようである。歴史を引きずり、外国へ抜けるトンネルのようなものである。外国へ行っても同じような、あるいはさらに悪い現実があるだけだろうが、これらの外人住宅は敗戦当時のウチナーンチュの、ニライカナイへの願望を記憶している。

バービーと順子が家の外に出てくると、すぐに順子の携帯が振動したようだった。順子は暗闇の中で文字を追っていた。

きっとお母さんだろう。心配してるんだ。時計を見ると九時を回ったところだった。そう遅い時間ではない。子供たちの塾帰りの時間だ。シロウは少し責任を感じた。だが、もう順子は高校を卒業して、子供ではない。それに今日はバービーの特別の日だ。お別れに連れてきたのは正解だと思う。

しばらく順子を待っていたバービーは何に惹かれたのか、お墓の方へスキップするように走り寄った。ごわごわした迷彩服に小太りのお尻がかわいらしくタッピングした。意外な子供っぽさにシロウは苦笑した。ちぐはぐな色気だった。

墓の前でバービーは佇んだ。先ほどは迷彩服の土の濃い部分が闇に紛れたが、墓の前では砂地の淡い部分が白い墓に混ざりこみ、溶け込んでいる。ぼろぼろになった服を着ているようにも見える。ちぎれちぎれになったバービーが墓の前でぼーっと立っている。

—このお墓は古いのかしら。

近寄ったシロウにバービーが訊いた。

—土手に埋まっているからね。でも、上からセメントが塗られている。手を加えられたんだろう。

—上は道だわ。

—この辺の地形は開発されてどんどん変わったんだ。

―大きいのね。

―ご先祖様の所へ家族みんなで入るんだ。

―お墓はいたるところにある。

―そう。沖縄では共存しているんだ。死人と。仕切りなんてないよ。異次元の世界と重なり合って生活しているのさ。生きている人の社会より大きな社会だ。僕らに見えるのはゴツゴツした石だらけの島だけど。

―いいかも。寂しくなくって。

バービーは墓の石門に手をかけて、それから空を見あげた。雨上がりの空はよく晴れていた。かすかに星がまばたいていた。

―私はどこへ行くんだろう。

アーリントン墓地、とシロウは言いかけて止めた。

このような土地の段差を利用して作られた墓とは違って、広々としたグリーンの下地に白い墓標が連なる光景が否応なしに想像された。柔らかい黒い土が掘られて、四方を綱に結わえられ、静かに下りてゆく棺おけ。すすり泣く家族。バービーの母親に妹。同級生や町の人……。

想像を断ち切るように振り返ると、順子は軒下でメールを打っている。バービーと違って、この子はまだシロウの責任の範疇にいる気がする。この子のために何か出来そうな気がする。

試験が終わってシロウのクラスを離れてしまったけれど、受験勉強はこれからも続く。人生はこれからだ。

順子はそんなシロウの思惑をよそに、親指で器用に文章を綴っている。メールは順子にとって意思疎通の大切な道具なのだ。相手は母親ではないかもしれない。ひょっとしたら五郎かも知れない。バービーは亀甲墓の向こう側の、夜目には黒ずんで萎んでいるアカバナーの垣根に気がついて訊いた。

—あの花、赤いのよね。

そうして、垣根に近づいたバービーは、日が暮れて閉じた花々の中から、寝そこなった大きめの花を一つ摘んで、耳に挟んだ。

—どう?

—よく分からないよ。もっとこっちに来なきゃ。

バービーは外灯の明かりが届く、シロウの立っている場所に来た。

—ああ、きれいだ。

アカバナーはバービーの短く切った銀髪と耳の間にちんまりと収まっていた。黄色い花芯が懸命に伸びていたが、その一ひらは萎れていた。

—たくさん摘めばハワイのレイになるわ。

ハイビスカスは沖縄ではアカバナーと言うが、またグソーバナ（後生花）とも呼ばれている。墓の周りにたくさん植えて、法事に供えるので、そう呼ばれるらしい。シロウはバービーのグソーバナをじっと見て、死に化粧を連想した。

電話を切った順子が、おそらく、まあきれいと云った手振りをして、こちらに来た。二人は闇の中を垣根に戻り、バービーはもう一輪まだ開いている花を探して、順子の黒髪に差した。花をつけた二人は手を取り合ってこちらに来た。車が近づき砂利を蹴飛ばしたので、隣でシロウの犬が起きて吼えた。ターンしたライトがさっと閃いて、二人の娘の花々が赤々と燃えた。

部屋に戻ると、花はただの花に戻っていたが、照明を浴びて、眩しそうに見開いたようだった。順子の美しさに比べるとバービーは凡庸だったけれど、ベティさんは公平に二人の美しさを愛でた。順子はバッグからメモ用紙を取り出し、自分の住所を英語で書いて、バービーに与えた。バービーは、分かったわ、きっと書くわ、と言った。時計は九時半を回っていた。

そろそろ、この子を帰さないとな、とシロウが言い、そうね。私もベースに戻らなきゃ、とバービーが言うと、ベティさんはメガネを外し、エプロンで涙を拭った。そして、気をつけてね、きっと帰ってくるのよ。便りをちょうだい、とバービーを抱いた。あなたもねえ。がんばるのよ。順子も素直にベティさんに抱かれた。

玄関前に移動すると順子はバービーに向かい合って、ゼスチャーを繰り出した。それは少し乱暴に行われ、眉をひそめて、何か良くないことを意味しているように思えた。胸の前で忙しく指先をかすらせ、銃を撃つ真似をした。それから突き刺すようにし、こぶしをぶるぶる震わせた。うーうーうーと不用意な順子の声が聞かれた。バービーの顔からは笑顔が消えていた。

バービーは黙って順子を抱いた。ごわごわの迷彩服が二人を固く圧した時、順子のアカバナーが床に落ちた。バービーはそれを拾い、笑顔で順子の耳元に戻した。マーフィーは居間で、高らかにいびきをかいていた。

シロウは二人を送った。キャンプ・フォスターで先に下りたバービーにシロウと順子は手を振った。バービーさようなら。バービーは後ろを振り向かずにアカバナーと共にゲートの中へ消えた。

八　遅れた兵士

ヒマになった事務室で、シロウが先週のスターズ・アンド・ストライプスに目を通していると、ヘリ二十機と海兵隊三千人が沖縄からイラクに向かった記事が載っていた。

砂地の迷彩服の一群が、列になってホワイトビーチのコンクリートの栈橋からグレーの強襲揚陸艦に乗り込んでいた。写真は遠くから撮影されていたけれど、大きなヘルメットに小さな顔を埋めたバービーがその中にいる様がシロウの目蓋に浮かんだ。

つい先日雨が降ったのに、春先の土曜日は晴れ渡り、全てが乾ききっていた。シロウはマージと約束したゲート通りに急いだ。『ザ・デン』にメッセージを残していたので、シロウの携帯に返事があったのだ。マージは角の『ベトナム・カフェ』のテラスの白椅子に長い足を横たえていた。

—タクシー代は払ってもらうからね。人を呼び出して。

無遠慮なマージの膝には大きなサポーターが巻かれていた。ヘリコプターの整備に当たっていたマージは、バービー共々第三一遠征軍に組み入れられて、久々にオペレーションに参加した。ベトナム戦争時代に作られた北部訓練センターは砂漠の町風に改造されていたが、周辺の東南アジア的な土壌は変わらず、そこでジャングルの泥沼這いくぐりや、ロープを使った障害物越えが実施される。マージはロービングの際に滑って泥濘に落ちた。骨折したわけではないが、柵の縁にしたたか打ちつけた膝の傷口が開き、化膿して大きく腫れていた。マージはイラクへ向かった遠征軍から外れたのだった。

―ハブに噛まれたんじゃなくて良かったね。

ガラス張りの店内から出てきたウェイトレスに、ベトナムコーヒーを注文しながら放ったシロウの言葉に、マージは鼻を鳴らした。店内の半分は東南アジアから運ばれた鷲や猿のトーテムポールや七福神の彫刻や扇子などの木工品で一杯だった。ベトナムコーヒーはコーヒーの漉し器を載せた土器に入っていたが、底には鷲ミルクが横たわっていた。ベトナム戦争時代の米軍の置き土産であろう。シロウは木製のスプーンで鷲ミルクを掻き混ぜながら、マージにマリン・プライベートのペギーとリリーを知っているかと尋ねた。知っていると答えたのでいきさつを話した。

渡嘉敷ともう一人のシロウの同僚が、パークアベニューの居酒屋で隣り合わせになったマリンの女性兵二人に酒を馳走した後、冒険心を起こしてアパートに連れて行ったが、泥酔して危ない雰囲気のまま寝入ってしまった。翌朝、雨が降っていたので渡嘉敷は女性兵にジャンパーを貸して帰した。

宮城さん、マリンの女の子たち、よく知ってるんだってね、とジャンパーを返してほしい渡嘉敷はシロウにこの二人に心当たりがないかと訊いてきたのだ。

—ペギーとリリー？　あんたの友達は趣味悪いわね。あんな人たちには近づかないほうがいいわ。ゼイ アー クレージー。夜中酔っ払って帰ってきて、早朝の訓練に出られず罰されたのは一度や二度じゃないわ。それに……。

マージは、店内の丸太カウンターでウェイトレスと談笑しているGＩに憚るように、大きな顔を近づけて言った。

—彼女たちのロッカーにマリワナが隠されていたのよ。おっと、これは上官は知らない。私達の間での話よ。

慌てて繕うと、マージはフィルターカップを取ってコーヒーをすすった。

—とにかく下品で言葉は汚いし、下層階級ね。

—俺の友達にそう言っとくよ。

数日後、夕方の講義が終わり、帰り支度をしていると、マージから電話が入った。

—ジャンパー取ってきたわ。どんな高級ジャンパーかと思ったら、しけたウインドブレーカー。

シロウはマージを普天間のMCASの前でピックアップして、お礼にプラザハウス近くの小さなステーキ・ハウスに連れて行った。松葉杖のマージは一緒に歩くには少し目立った。ステーキ・ハウスはアメリカ人もよく利用する店だった。しかしマージはもっとムードのある高級なレストランを期待していた。ちらほらいるアメリカ人とは顔を合わせたくなかったのかもしれない。

—シロウはバービーをリゾートホテルの日本レストランに連れてったでしょ。何か珍しいものを食べたんだって？

ステーキは固く、ロブスターも身が少なかった。二人は気まずく食事した。同じ金額を払えばアメリカではその倍の量を楽しめただろう。マージが一人飲むワインには濁りがグラスの底に沈んでいた。マージは機嫌が悪く、ガッデム、とか、シット、とか口汚い言葉をしきりに使っていた。

—私たちのこと嫌いでしょ。知ってるわよ。沖縄の人が私たちのこと嫌いなのを。仲間はそう言ってるし。ヘロウと挨拶してもみんな目を合わさないんだから。

—嫌いというか、政治的に難しいんだよ。戦争反対なんだよ。ひどい目にあったから。

—エイ、ゼイ　ピス　ミー　オフ。コンビニの前で、学生に議論ふっかけられて。ノー　ベース、ノー　ベースって繰り返すの。誰がこんな島に来たくて来た？

—バービーはどうしたんだろうね。

シロウは話をそらした。

—知らないわよ。

—死んじまったのかな。

—オー、シット。

マージの怒りはひどくなった。そして泣き声になった。

—バービーは愚図だから心配だけど、私が怖がってるなんて思わないでね。私は誇りあるマリンだわ。国のために命を捧げるの。

マージはティッシュを取って大きく鼻をかんだ。

—やっぱり君も行くのか。

一旦、戦場に出て撃ち合うとマージはどうなるか。地獄を見て、彼女は解体されるだろう。撃たれたら後はどうなるか分かりきったことだ。撃たれなくても、人を撃ち、何年もかけて育んだ人肉に穴を開けることによって、人の母親に呪われ、己の魂に亀裂が入るだろう。

いや待てよ。それは繊細な魂の持ち主に言えることだ。シビリアンの考え方を押し付けてもしょうがない。シロウは考え直した。兵士になる人間にはそれなりの鈍感さと云うか、割り切りもあるはずだ。彼らは殺戮に対する免疫を施すべく訓練されている。戦闘モードをオンにするだけだ。スイッチ オン。ダダダ。人間はどうせ死ぬ。早いか遅いかの違いだけだ。ひょっとしたら、ぎりぎりのところで完全燃焼する人種として彼らは生まれついているのかもしれない。

シロウは話をニューヨークでの学生生活に転じ、マージにはオクラホマでの生活を訊いた。故郷の話になるとマージは多弁になった。アル中だった父親のこと、不況の田舎町のこと、たくさんの友達を置いてきたことなどを、眉をひそめたり目を丸くしたり大げさな表情で話した。

—で、将来はどうするつもり？

—フューチャー？

マージは馴染まない思想を唱えるように口をとんがらせて発音し、肩をすくめた。

帰りの車中に流れるラジオからはクイーンの《ボヘミアン・ラプソディー》が流れていた。ビューティフルロックと言われる多重コーラスの美しいメロディーとハーモニーの世界で、人を殺した少年が母親に救いを求めていた。

黙っていたマージが、言い出しにくいことを言うように声もなく笑い出した。

—知ってる？　マリンに応募してくる女性にレイプやドメスティック・ヴァイオレンスの経験者が多いことを。

シロウは意表を突かれ、そうかも知れないと思ったが、返事ができなかった。

―あんた、バービーに手を出せなかったでしょう。

マージは挑発するように言った。シロウはむっとした。

―本当にバービーのこと知らないの？

マージはシロウの横顔を覗き込むようだった。

―バービーはね。スキゾフレニヤック（精神分裂症）なの。分裂してるの。頭が。かわいそうに。知らなかったでしょう。あんなことがあったからだわ。沖縄に来る前よ。キャンプで寝袋にくるまってると覆いかぶさってきたのは一度や二度じゃない。おしっこするにもパートナーと一緒。叢《くさむら》から出てくると男の目が変わっていた。そこでやられたらしい。あの子はぼーっとして、なんか隙だらけなのね。だからパートナーは女同士じゃないといけないけれど、そんな配置は、かないっこない。イラクではますますひどいと思うわ。そんな戦場に私も行くの。でも私はカモにならない。シロウ、ユー ワナ ファック ウイズ ミー？

―マージー。

シロウはからかうマージをたしなめたが、内心穏やかではなかった。バービーにトラウマがあるのは知っていたが、スキゾ（分裂症）という認識はなかった。

―いきなり背後から抱きしめる奴もいるし、じんわりその気を膨らませる奴らもいる。そんな奴らはまず見つめるの。こんな具合にじっと。

マージはシロウに顔を近づけた。

—獣ににらまれたウサギか鹿のように、心理的なある準備をさせられる。そのときが来るのが動物のカンで分かる。やつらの視線が身に染み込んで、いつか合意事実としてそうなっちゃう。そうなっちゃって後、腑に落ちなくなる。バービーのは突然来るの。ギャーッと叫ぶのよ。恐怖と屈辱と怒りと悔恨が蘇って。一度はカフェテリアで。いたのかしら、奴。びっくりしちゃうわよ。

マージはそう言って、また喉を引っかからせて笑った。

—マーチョー　イコール　ホーニー。ドウユーノウ？　男と女は生理なの。ラブじゃない。アイノウ ユー アー ホーニー トゥー。

マージはシロウの膝をさすった。シロウはただバービーの心が徐々に男に従属していく様を想像していた。バービーの柔らかい体は確かに男をそそる。陥落した後、男を受容する自らの根元は否定され、然し肯わないと精神の安定が図られず、次に愛の不在に憤る。

ゲート通りに車を迂回すると、『ザ・デン』の外に皆、突っ立っていた。パトカーと消防車が来ていた。窓を開けると、焦げた臭いが鼻を突いた。

マージを先に降ろし、近くに駐車して戻ったシロウはぼんやりとしているテディ・ベアに話しかけた。

「どうした」

「GIが、ステージ裏の幕にタバコのポイ捨てをしやがった。それがあっという間に燃えさかってよお」テディ・ベアは薄くなった頭をごしごし掻いてはしきりに顎髭をむしった。

「酔っ払って、不注意だったと言ってるけど、そいつはイラクに行く、行くって騒いじゃってさ」

「どんな奴だい」

シロウは、静かに警官の質問に答えている、アオヒゲの背中越しにパトカーを覗いた。

パトカーの中では手錠をかけられたらしい若い男がうつむいて、しきりに首を振っていた。

男はシロウの意に反して整った顔立ちだった。うつぶせた目には長いまつげがかかり、深い瞳を想像させた。

あ、あの男。男はミュージックカフェ『マンハッタン』で会ったバービーの友人トムではないだろうか。

「おめえ、バカ野郎」先ほどから怒鳴っていたであろうことをテディ・ベアは大声でもう一度繰り返し、走り去るパトカーに足を蹴上げたが、ガラス窓も閉まっていたので聞こえるはずもなく、足が当たるはずもなかった。

「あいつ、わざとやったんじゃないか。イラクに行きたくないから」テディ・ベアは憤懣やるかたなく言った。

　それで放火されたら、地元住民はたまらない。幸い火事はボヤで終わっていたので、消防車はすぐに引き上げた。

―あいつ、トムじゃないか。ほらバービーの友人の。

　シロウはマージに問うたが、マージは丸い目をむいて、オーマイガッドを連発するだけだった。シロウを無視しているのか、動揺しているのか、松葉杖をコツコツつきながら周りを徘徊していたマージはそのうちタクシーを拾って去った。

　シロウは帰り道、トムとバービーのことで頭がいっぱいになった。シロウははっきり見なかったけれど、あれはトムだと思った。カフェ『マンハッタン』で学生っぽいトムは、イラク戦争に反対してジムたちと口論していた。マージがうろたえていたのも彼が友人だからだ。しかしトムはバービーたちと同じ部隊で、すでに出陣しているはずだった。それにあの男は放火するような男ではない。立派な反戦家だ。やはり見間違いなのか。

　だが、バービーはトムのことを臆病だから付き合っていると言った。ひょっとしたら、臆病な男は戦場に行かないためには手段を選ばないかも知れない。そしてこのような臆病な男だからバービーのトラウマとは決して縁がない。

九　戦場からの便り

新学期が始まっても順子はコザの塾に姿を見せていなかった。ほかの塾に通っているのかもしれない。勉強に精を出していてくれればいいが、と願った。

何かしたいと思っていたシロウは、思い立ってヴォーカルトレーニングの門を叩いた。オメエのめそめそした声はメロウな歌なら歌えるけど、ロックは無理だな。生き様の現れだよ。ロックはハードなアクションなんだ。テディ・ベアに言われたことが脳裏を離れなかったのだ。

「ハイ、声を出してみて。ドレミファ」

ヴォイス・トレーナーはクラシック出身で、ロックであろうがジャズであろうが、基本は同じだと主張していた。腹から胸、喉を飛び越して頭上に音を突きぬくのだ。

シロウの音階は上の「ミ」までで、どうしても「ファ」以上の声が出せなかった。

「どうしても喉が締まってしまうね。腹からださなきゃ」

トレーナーがオペラで鍛えた声を出すと、股間から頭のてっぺんまで、一本の筒が通っているようだった。大きく開いた口は排気口のようだった。

夜は飲みに行く代わりに国道線沿いに走った。走りながら声を出した。体を柔らかくすることによって声の通りを良くし、また肺活量を増やす必要があったのだ。だが、本当は何か根本的な生命力とでもいうようなものを開きたいと願っている。

変わるとはどういうことだろう。バービーやマージは背嚢を背負って走っていた。バービーは今でもふっくらしている方だが、それでも絞られたとしたら、入隊したときはぶくぶくに太っていただろう。教官に怒鳴られ、誇りは四散し解体された後、組み立てられて、兵士というサイボーグになるのだ。

だが、兵士は人を殺さないと本当のサイボーグにはなれない。人間らしい繊細な神経を持っていては、苦悩の地獄に落ちて救済できない魂になる。そのような神経を完全にシャットアウトして本当のサイボーグになるのだ。

遠いイラクからは、テロでイラク人が何人死亡した、米兵が何人死亡したというニュースが続いて入ってきた。ＣＮＮニュースによると、三月に五十二人だった米兵の死亡者が、四月に入って百三十六人に跳ね上がっていた。二〇〇三年には四百八十一人が死亡していたが、今年はまだ春なのに、二百五十六人が死亡していた。その中で最も多い年齢層が二十一歳未満の若者たちだった。何かにつけ経験の浅い彼らは、いたずらに右往左往して敵の餌食になったに違いない。

ウー、ウー、ウー、アー、アー、アー。走りながら声を小刻みに出す。走り疲れると、歩きながら、声を大きく出す。お腹から喉を通り越して後頭部までの通りを確かめる。走って体が柔らかくなり、バイブする一つの筒になっている。毎晩走りたかったが、五月の連休が終わる頃には雨が降る日が多くなって毎晩走れないことに苛立った。

シロウは久しぶりに『ザ・デン』を覗いた。『ザ・デン』のステージサイドの壁はボヤで煤けて、焦げ臭さが取れなかった。それが戦場を匂わせた。

「焼けてるね」

「まあいいかも知れん。臨場感があって」アオヒゲが言った。

「上がれ。暇つぶしにちょっと相手をしてやる。シケた曲はだめだぞ」テディ・ベアが念を押して顎をしゃくった。

「チャック・ベリーの《ジョニー・B・グッド》弾けるかい」シロウは楽譜を差し出した。

「バーロ、わんかい楽譜を読めってか。わかとーさ」

テディ・ベアは怒りながら、

「《ジョニー・B・グッド》なんて、そりゃまたロックの古典だな。おめえ真面目にロックの基本からお勉強ってわけか。リクエストする奴はおらんけど、ま、いいか」と気前のいいことを言った。

　長いイントロを今か今かと待ち構えたシロウは、エイトビートのケツの方に、それっと飛び乗った。早口の英語をマイクにたたきつける。電気仕掛けのインストールメントに負けていられない。二番の中ごろからふらふらになる。ろれつが廻らない。長く長く感じる。声をしぼって、やっと歌い終わった。いっぺんに声が嗄れてしまった。

「巧いじゃないか。迫力が出てたな」テディ・ベアは珍しくシロウをほめた。

　シロウが週末の賑わいの中で端正なロックでも歌おうものならビール瓶が飛んでくるだろう。だがヒマな夜が続いた。兵隊が少なくなると、どのような業者とタイアップしたのか、恐る恐る覗き見する観光客の数が増えた。

　時々バービーやマージのことも気になった。マージも沖縄を離れただろう。バービーを追ってイラクに行ったのだろうか。大規模な戦争は終わったものの、テロが続き、米兵が疲弊しているイラクへ。

『ザ・デン』に来るGIにイラクに行く部隊があるかと訊いた。ルーキーらしき、でかい若者はおどおどしながらシロウを見下ろして、良くわからない、俺は何も知らないとしか答えなかった。

　週日開いていた『ザ・デン』の営業は金曜日、土曜日の週末だけに減っていた。

「はあっしぇ、ヒマやっさあ。あいつらみんなイラクに行っちまったかなあ」テディ・ベアは相変わらずぶつぶつ言っていた。

シロウはヒマなステージに立たせてもらった。叩きつけるように。叩きつけるように歌うんだ。せめてこの鬱憤をバービーやマージや順子と共有できるように。

そんなある夜、シロウがステージに立ったときに、ドアが開き、顔を覗かせたのは順子だった。ジーンズ姿の順子はすっと入り口の階段に座り込み、シロウと目が合うとはしゃいで、何か手紙らしい紙を振った。数人の客がこの珍客に振り返った。シロウは気が気でなくなった。この娘は俺の歌を聴けるのだろうか。

I'm a ma-rginal man
I thought I cross the lands
But here and there I was nobody
I'm a ma-rginal man
Torn between the two
You are the same
You live on the edge of the world

Don't fall
Don't be alone
Welcome to the sound world

オレはマージナルマン
海を越え、陸を越えるつもりだったのに
どっちつかずになっちゃった
オレはマージナルマン
裂かれちまった　愛するものに
おまえだって同じようなもの
がけっぷちから落ちようとしてる
気をつけろ
さみしかないさ
音の世界にようこそ

聴いていてくれ。俺の歌を。順子はシロウの願いに応えるように足をタップしていた。聞えているのだ。俺の歌が聞えているのだ。うれしさがこみ上げてきた。

だが、歌い終わって順子のところへ行くと、固い表情の先生に戻っていた。

「帰んなさい。勉強はちゃんとしているのか」

そう言って、扉をあけ、先に立って階段を上ろうとすると、順子はシロウの肩を取り、手紙を押し付けた。英語で書かれた手紙はすぐにバービーからだと分かった。う、うと指を挿し、読むことをせがんでいる。中より階段の方が明るい。もっとも音はうるさく、会話はできないが順子には関係がない。シロウは階段に座った。順子は並んで座り、じっと翻訳するシロウの唇を見つめて、追った。

白い砂漠。焦げた牛の群れ。人の死体。男性に囲まれ、寝袋にくるまる生活。夜、穴を掘ってする用足し。至る所の汚臭……I have enemy within（内部に敵がいる）だって？

なぜこんな手紙を順子に宛てたのかと思う。なぜ外交辞令に徹せなかったのかと思う。多分、本当は実情をシロウに聞かせたかったのかも知れないと推測する。バービーは順子とベティさんの住所を持っていったが、シロウの住所は知らなかったのだ。それともバービーは焦燥のうちにそんな分別もなくしてしまったのか。シロウは言いづらくなって、

「あのさ、要するに生きてるよ。元気だって。戦闘には出くわしてないようだ。たいしたけがもしてないよ。躓いて手をかすったんだって」そう言ってごまかした。

不可解そうな順子の肩に手をやり、大丈夫だよ、心配しないでと言い聞かせ、手紙を返さずに階段を上がると、現れた男が妙な動きをした。影が低くなると、いきなり頭突きが飛んできてシロウは倒れた。階段を転げ落ちそうになったのを手摺に掴まって、段差に歪みながら尻餅をついた。尾てい骨が階段の縁に当たった。壁で後頭部を打った。息が出来なかった。一瞬のことで何がなにやら分からなかったが、確かな現実がシロウにぶつかってきたのだった。

後ろにいた順子が野太い悲鳴を上げた。順子は手を振って男に襲い掛かり、男は逃げた。順子は少し走って、立ち止まり、階段で不恰好に尻餅をついているシロウを見た。そして又走って男を追いかけた。

ずいぶん低くぶつかってきやがった。喧嘩慣れしてやがる。固い頭はシロウの胸とみぞおちの間を突いていた。シロウは、ぅ、ぅ、とうめきながら気道が回復し、空気が通過するのを待った。痛さはさほど感じなかった。それよりも屈辱の念がシロウを支配していた。順子の前でこのざまだ。しかし、しばらくするとこの現実を許容する気持ちが沸いてきて、腹立ちは収まった。あの頭蓋骨はシロウの何らかの胸のわだかまりに向かって突進してきたようだった。

まだ青くて浅い夜空に一番星が、手紙をしっかり握ってあお向けになったシロウの目に入っていた。ひょっとしてシロウが味わいたかったのはこのような現実ではなかっただろうか。

十　墜落

シロウはしばらく『ザ・デン』に行かなくなった。家でごろごろしていることが多くなった。夜になっても暑苦しさは消えなかった。引き出し深くしまってあったタバコを思い出したように取り出し、外に出て吸った。そばではクロがしきりに尻尾を振っていた。生垣のハイビスカスは萎んでいた。伸び放題の芝生はくたびれて半ば枯れて寝そべっていた。元気のあるのは芝に混じったすすきやその他の雑草だった。向こうのベティさんの家に電気がついて消えた。蚊が出てきていたので、紐を外してクロを家に入れた。

バービーの夢を見た。イラクの荒涼とした街角で、迷彩服の上にヘルメット、防弾チョッキで身を固めた小柄のバービーはガードとして立っていた。シロウはバービーが画面円中の十字の真中に立っていることを知って驚いた。バービーは狙撃兵の標的になっているのだ。あぶない、あぶない、シロウは声を上げそうになったが、バービーは横を向くだけだった。

次の瞬間、爆発とともに土ぼこりが立って、バービーはつんのめっていた。後ろからはイラク兵を満載したトラックがきた。ヘイヘイ、ホーホー。イラク兵たちは標準も定めず、やたらに射ってきた。バービーは砂漠の中を転げまわった。

トラックの上で他のイラク兵を先導しているのはアオヒゲだった。アオヒゲの肩にはタケシが乗っかっていた。二人とも頭には土に塗れた赤いターバンを巻き、AK47ライフルをかざしていた。バービーを指差し、二人は喚いていた。ヤンキー ゴー ホーム。ヤンキー ゴー ホーム。

バービーが転ぶと、砂地は渦を巻き、砂地獄となってバービーを飲み込んでいった。よく見ると砂は無数の蟻だった。極小の蟻は巨大な米兵を蝕んでいた。バービーがこんなにまじかに見えるのは、シロウがバービーに乗っかっているからだった。シロウの先端がひりひりと熱していた。バービーと交わっていたのだ。音を立てて崩れゆく大地は、ひときわけたたましい音を立ててシロウをも呑み込み、卒倒しそうになって目がさめた。宜野湾の住宅の頭上を朝早くからF15戦闘機が通過したのだった。

出勤しても、やる気は出なかった。コザの町は沖縄本島の背骨に、干からびたヤモリのように張り付いていた。太陽に近い分、さらに暑いのではないかと思われた。

イラクの災禍が沖縄に飛び散ってきた日も、青空に入道雲が張り出して暑さに怒っていた。沖縄国際大学に真っ昼間、ヘリコプターが落ちたのだ。十三日の金曜日だった。普天間飛行場を飛び立ったＣＨ53Ｄ型輸送ヘリコプター・通称シースタリオンが沖縄国際大学構内に墜落し、爆発炎上した。

　上空には黒い雲が立ち上がり、数十秒するとさらに芯のような真っ黒な煙が駆け上った。

「それから白い雲が取って代わったんですよ。二次爆発するのかと思ったんですがね。良かった。あれは消火剤だったんでしょうかねえ。上空には別のヘリが旋回していましたよ」

　現場近くを車で通りかかった同僚が言った。

「死んだのか。何人だ」

　沖国大にはシロウの教え子も多い。

「いや人は死ななかったそうです」

「けが人は」

「けが人もいません」

「奇跡だ」

「そう新聞にも書いてます」

　シロウは新聞を引ったくった。三人の操縦士も含めて死者はいなかった。ＣＨ53機は大学構内の本館を斜めに掠って、プロペラは屋上のひさしを削り、ずれ落ちたと見られる。写真を見ると、本館の側面には毛筆の一殴りといった痕跡が残されていた。コックピット本体は粉々に砕けて黒焦げの残骸となり、燃料タンクと後尾はばらばらになって静かに地上に横たわっていた。鬱蒼としたまわりの樹木が緩衝材になったと思われる。プロペラは木にひっかかっていたが、六本あるプロペラの幾つかは遠く飛翔し、看板やアーチをぶった切り、民家の玄関先に横たわっていた。それでもけが人は出なかったのである。本館の事務室には出張中の職員の席にガラスの破片がささっていた。真夏の往来には車も人も通っていなかった。

その後の米軍の対応に住民は腹を立てた。普天間飛行場から飛び出してきたマリン兵たちは現場を抑え、警察の検証さえ拒み、自分たちで全ての事故現場処理をしようとしたのだ。宜野湾市長は強く抗議していた。事故の原因はイラク派遣を急ぐ指示により、ヘリの整備兵が過剰勤務で疲れて整備を誤ったからではないかと推測された。

沖縄中、大騒動になって、マリンに対する風当たりは一層強くなった。シロウはマリンだけではなく、米軍でかろうじて命脈を保っているコザの町が嫌になった。

シロウは中の町を抜けるとゲート通りに出て、数週間ぶりに『ザ・デン』を覗いた。まだ五時をまわった頃で、開いていても掃除の時間だった。闇の中で一人、アオヒゲがタバコをくゆらせて一枚の写真に見入っていた。

「どうしたんだい。電気もつけなくて」

「ああ」

「何だ、いつもの元気がないんだな。なんだい、この写真は」

アオヒゲはゆっくりと写真をシロウに渡した。

アオヒゲとテディ・ベアの若い時の写真だった。二人はアメリカ人の男と三人で肩を組んでいる。どこかの施設の中だった。

「ずいぶんスリムだね。いい男だ。あれ、二人の側にいるのはマーフィーじゃないか。うわ若いなあ」

高い鼻柱をえぐった鷹のような目と鍵鼻は確かにマーフィーだった。よく見ると三人の後ろに水が白くきらめいていた。隅には無数の棺が置かれていた。

「言ったかなあ。俺たちの青春のアルバイト」

「マーフィーも一緒だったのか」

「マーフィーは死体置き場の担当だったんだよ。ベトナムから帰ってきて、そこにいた。あいつのギターもまあまあだった」

マーフィーが死体置き場の担当？　アオヒゲとテディ・ベアの青春のアルバイト？

シロウにとって得体の知れない世界がそこに横たわっているような気がした。いきなり身震いが襲った。

「何で今ごろ、そんな写真を取り出すんだ」

「ベトナムで死んだ連中は皆、消毒液の中で水ぶくれになっていた」
アオヒゲはかまわずに続けて言った。

基地の中のオフリミットと書かれた個所を何べんも通って行き着いた地下ぬ、ドラム缶をぶった切ったような水槽に、到着した奴らはホルマリン漬けされて並べられている。水ぶくれした奴らを一体づつ引きずり出さあに、担架に乗せる。漬けられていても汚れがこびりついていたりする。足のない奴はたいてい地雷にやられてる。死体やゴム人形のようやしが、肌をあまり擦るとずれ落ちる気がする。ばあばあ鳴る大型扇風機の前に置いて乾かす。死体は検体さりやあにとっくにはらわたやすぐ腐るものは取り除かれてへこんでるんだが、大きな外傷や手足の断層は後回しにされる。電線みたいな血管や、どす黒くなった筋肉や、黄色くなった脂肪が白い骨の周りを囲んでいる。糸を引いているようなのもある。死体から水が引くと隣の部屋で縫合するドレッサーに渡す。黒人のドレッサーはゴムやプラスティックで詰め物をして、傷口を縫う。破損した皮膚はやはり樹脂パットで当て物をする。やしが、ドレッサーの中にはおもしろがって素人の俺たちに針と糸を渡す奴がいる。奴はいつもへらへら笑ってたな。マーフィー、あいつも見てみぬふりさ。一緒になって笑ってやがった。俺たちゃなんと言ってもアメリカ人にとってベトナム人と代わらない現地人だ。やしが俺たちに縫われた奴らはかわいそうよ。今から思えばもっとていねいに縫えばよかったなあと思うさ。夜中の作業だ。翌朝はアメリカの愛する家族や愛人の下へご帰還だ。

アオヒゲは長い話を終わって一息つき、一服した。タバコを深く吸い、吐き出した紫煙を中空に見つめた。そして自分の腕をくんくん嗅いだ。シロウは一瞬、この男は気が触れているのではないかと思った。

「臭いが取れないんだ。ホルマリンと死体の。どうしても欲しかったエレキギターの代償って訳さ」

アオヒゲの腕からツンとした気体が飛んでくる感じがした。

「昔の話だろう。オイ、アオヒゲ、変だよ。何だ。どうしたんだ。何でそんな昔の話を今ごろするんだ」

シロウは腹が立った。アオヒゲはカウンターの向かいのステージの黒い幕を見つめ、ただタバコを燻らすだけだった。

「何か関係があるんかい、沖国大にシースタリオンが落ちたのと」

「やさやあ。ひどい事故だった。あれ、マージたちじゃないか。ヘリコプターを整備していたのは」

「あ、そうだな、あの連中は普天間のヘリ部隊だった」

シロウはジムとかトムとかアンディとか、マージの友人の顔を思い浮かべた。そうだ。トムは放火で県警に掴まった後、どうなったか。

「ひどい話だよな。でも死人が出なくてよかったよ」シロウはそう言って笑おうとした。

「死人は…出たんだよ」

アオヒゲがぽつんと言った。

「え」

「テディの奴が…」

「テディ・ベアが？」

「浮かんでたってよ。ぷかぷか。沖合に」

アオヒゲの声がうわずった。スタジオの闇が一瞬、凍った。

「まん丸く水ぶくれしちゃってさ。あのベトナムのヘータイみたいに白くなって」

いつも不機嫌そうなテディ・ベア。やりたい放題のテディ・ベア。偽悪家のテディ・ベア。無音の水中が好きだったテディは水に希釈され、とろけてその一部となり、ついに水と親和したのだった。シロウは唾を飲み込んだ。

「いつの話だ」

「先々週の日曜日」

テディ・ベアが死んで二週間近くも経つのだった。何十人、何百人と戦場に兵隊を見送ったテディ・ベアが、自らを死に神と称して憚らなかったテディ・ベアが、今や彼岸に渡って戦死した兵隊共を迎えている。ビートの効いたベースギターを奏でて。

「それは…知らなかった。葬式…は」

「仲間うちでやった。新聞にも載ったけど。読まなかったのか」

「ううん。で、バンドはどうしてる」

「店はこの前から開けている。ピンチヒッターのベースに来てもらってるんだが、ノレるもんか。せっかく来たマリンたちはブーブー言ってる。やっぱし、しばらく閉めようか。生活もかかってるけどねえ」

十一　転勤

那覇本校で講師の数が足りなくなり、シロウは本校で勤務するようになった。那覇の町では実に多くの人たちが歩いていた。国際通りなど、その殆どは観光客だった。修学旅行生も多かった。〈海人〉〈島人〉などの沖縄のTシャツ、紅型の掛け物、漆器、漆喰、琉球ガラス、それに熱帯果実の加工食品など、似たような土産を置いた店を覗き込んで、若い人たちは南国の彩色としっとりした空気を楽しんでいた。年配の人たちも若さを取り戻したかのようにもの珍しげに生き生きと歩いていた。紺の頭巾を被り、甚兵衛に前掛け姿の居酒屋の店員たちが彼らにチラシを配っていた。

久しぶりに訪れる市場本通りでは、白布で天井を覆われたアーケードが日の光を充分に差し入れていたが、老いも若きも、買う方も売る方も店頭の無数の裸電球に照らされて紅潮していた。

観光客で賑わう通りの入り口付近から中ほどに至ると、輸入菓子や、野菜や漬物やカマボコなど沖縄料理の具を買い求める地元のおばさんたちの数が多くなった。さらに奥の公設市場では豚足やチラーガー、毒々しい色をした近海魚に観光客のカメラが向けられていた。

　要するに那覇では、沖縄は沖縄だった。日本と中国、東南アジアの雑多なものが流れ着いて、それはチャンプルーされて沖縄化していた。決して外国がそのまま移植されたわけではなかった。

　シロウはクロを連れて、那覇の実家に寝泊りするようになった。白髪の多くなったクロは新しい家の庭でうつむき加減にロバのように突っ立っていた。勉強室は高校時代のままだった。宜野湾の借家を引き払おうかとも思ったが、またコザに戻る可能性もあるので、半値でもいいから、そのままにしておきましょうというベティさんの言葉に甘んじた。だってハウジングエイジェントに頼んで、ＧＩを入れた方が二倍も儲かるでしょう、と言うシロウに、いいのよ、今は別に困ってないから。そのまま那覇にいるようだったら、その時はお電話ちょうだい、とベティさんは微笑むのだった。

　姉たちは近くにお嫁に行き、あれほど教育にうるさかった父は公職を退いた後、おとなしくなって新聞を読んだり、庭いじりをしていた。手堅い職業に就こうとしない息子のことをアメリカに送ったせいかと後悔しているようでもあった。母は生け花を教えていた。久々に実家に戻ったシロウに、母親が見合いの話を持ってきた。シロウは写真をチラと見て、曖昧に濁した。

シロウは三十歳になっていたが、自分の精神年齢が結婚適齢期に達していないことを熟知していた。

那覇に住むとアメリカは遠くなった。シロウは高校時代の友人に会い始め、週末はカラオケや居酒屋へと出かけた。東京へ進学した友人は身ごなしや言葉遣いが洗練されて、大阪へ行った友人は関西弁がここかしこに混じり、地元に残った友人は高校時代そのままの、のんびりした雰囲気を保っていた。早々と結婚して家庭を持った友人は確実に別の人生を歩んでいた。

土曜日の午後、美浜のアメリカンビレッジまで行こうと思って出てきた国道五八号線は、意外と車の数が多かった。軍の幅広トラックがシロウの車をのろのろ追い越して信号で停まった。ホロの中には若い兵隊たちが無言で座っていた。車端で深々と迷彩ヘルメットを被った娘にシロウはバービーの面影を見た。その娘はバービーより童顔だった。幾つになるだろうか。まだ高校を卒業したてではないのか。

それは不思議な青春だった。何が彼ら彼女らを戦場へ駆り立てるのか。米国の社会経済事情で、軍隊以外の就職が容易でないのか。シロウにとっての兵役とは、遠い過去の、祖父たちが召集された第二次世界大戦のことで、その後遺症から沖縄はいまだに癒されていなかった。なのに長い時を経て、自分たちをバイパスして未来に生きる若者が今又、同じ運命に会おうとしている。

その後しばらく行くと、こちらの車線の流れがよくなり、隣の車線を走っている家畜運搬車を追い越した。丸々と太った白豚が十数匹、汚れた柵に薄毛に覆われた尻を擦りつけてウエーウエー鳴いていた。そう言えばバービーは子豚が好きだった。シロウはうな垂れた兵士たちの姿と、屠殺場に引かれる豚のイメージがオーバーラップするのをかき消すのに苦労した。あの薄毛に守られただけの、人類に無害で奉仕するだけの、如何にも傷つきやすく柔らかい肉質。

いや違う。兵士はむざむざと豚のように殺されはしない。彼らはコロセウムで戦うグラディエーターだ。あの訓練された奴隷闘士どもは、コロセウムに投げ入れられ、自分の意志に反して叩き合い、殴り合い、殺し合うのだ。殺さなければ殺されるから。皇帝のようなブッシュは上席で機嫌よく手を叩いているだろう。

美浜のアメリカンビレッジは多くの若者たちを惹きつけていた。アメリカ西海岸サンディエゴにあるシーポートを模したショッピングモールは基地跡地利用の成功例であった。海をバックにレンガや板が敷き詰められた通りには、ファッション、雑貨、ミリタリグッズ、カフェ、レストランやアミューズメント施設が色彩豊かに個性を競い合って軒を並べていた。シネコンでは八本の映画を同時上映していた。観覧車の下で、長髪でもない普通の若者たちがギターを抱えて陽気に歌っていた。日本の歌で、要するに生の賛歌だったのだが、饒舌でラップの影響がフレーズごとに感じられた。

ラララ、まえをむいてあるコオウ　どんなにつらいことがあっテモオ
みらいをしんじて　いきよオゼ

シロウは立ったまま、不景気で先行き不確定ながら、健康な日本の若者たちの青春を眺めた。シロウは平凡な自分の生活や、受験勉強に明け暮れる子供たちの日常生活をだんだんいつくしむようになっていた。何事もなく、安定した経済生活を目指す一般の人たちの価値観がわかるようになった。よい大学、よい収入、よい人間関係、よい結婚、よい家庭。それに勝るものがこの世にあるだろうか。そしてそのような当たり前の幸せはひょっとしたら、バービーやマージたちの犠牲の上に成り立っているのかもしれない。

シロウはショッピングセンターに入り、一階ロビー階段下の休憩所で腰を下ろした。新木のベンチが数列配置され、ソファのような過剰なサービスでない、さりげなさがショッピングで疲れた人たちの一時的な休憩を容易にしていた。

そのように幸せに満ちた空間で、シロウの視線に何か引っかかる一角があった。それは斜め向かいに座った四十代の女の変化する表情だった。無表情な女の顔が突然、憤怒に満ち、平凡

な構図から飛び出したかと思うと、泣き崩れんばかりの悲哀にわなないた後、速やかに収まった。何事もなかったかのようだったが、シロウの意識は女にくぎ付けにされ、視線は横を向きながらも再発が待たれた。果たして女の顔に悲哀が浮かび上がり、それは怒りに似た絶望に変わり、一瞬にして回りの空気を変色させた。向かいの子供だけが女の異常に気づき、じっと見つめていた。大人たちは気がつかないか、気がつかないフリをしていた。子供の視線に気がつくと女は平静に戻った。

この女は何か取り返しのつかない事故にでもあったのではないかとシロウは思った。例えば交通事故で愛する者を失ったとか。あるいは彼女自身が加害者になって人を轢いてしまったとか。女の世界はある一瞬の時を境に地獄に変貌したのだ。そのような人たちは無数にいる。地獄の使者は気まぐれのように平和な日常生活にフイと訪れて、人生を暗転させる。

おそらくそのような悲劇から時を経て、女は幸せな回りに同化しようと努力していた。このような総天然色のアミューズメントパークに来ると、明るさを享受できると思ったのかもしれない。しかしながら暗さは彼女の視界の隅々に張り付いていて、見るもの全てをセピア色にしていた。そうだ。何もないほうがいい。人生は平凡で何も起こらないほうがいい。

十二　その後

　秋も暮れ、上着無しではいられなく肌寒い日曜日、シロウは久方にコザの町へ出向いた。腹を滑稽に突き出したトックリキワタになぜこんな花がと思わせる、愛らしいピンクの花が咲き、ゲート通りの原色の看板と色合いを競っていた。花弁の外に向かって色濃い花はヒトデのように懸命に四肢を伸ばし、風に震えている。その花を守る棘が犀のように堅牢な木肌に偏在している。

　実は順子からの一週間に渡る断続的な携帯へのメールがシロウをコザの町に赴かせたのである。シロウの使い慣れないメールによって、こんなにあっさり意思疎通ができることにシロウはあらためて驚かされた。

『先生。これはお詫びのメールです。それ以上のものではありません。この前は五郎がごめんなさい。先生に嫉妬して』

　五郎に頭突きを食らった痛みが蘇って、シロウを息苦しくした。

『中度難聴の私には、はっきり聞えなくても皆の言うことが分かるし、先生の言うことも分かります。でも、まるっきり聞えない五郎にとって先生たちの世界は別世界なのです。私はどうしても、音の聞える世界の住人になりたいと願っていました。五郎はすがってきました。それがとても辛くて』

少女から大人になる、難しい過程を順子は経ていたのだ。講義中、シロウの口元を解読せんとしてじっと見つめていた順子の視線が間近に感じられた。

『五郎は自ら去りました。彼にも考えるところがあったのでしょう。いつかは聾の子達と向き合いたいと思い、今、私は勉強に専念しています。英語のサウンドはロックの絶叫しか私には届きませんが、単語帳を作ってアルファベットと必死に取り組んでいます。かなり読解もできるようになりました。バービーと筆談ができるようになるのはもうじきです。バービーに会いたい』

アカバナーで耳を飾った順子とバービーの笑い声が聞こえてきた。二人は十代後半の青春の真っ只中にいた。すると二人がいたのは土手に挟まれた古い外人住宅の裏地ではなくて、白い山脈を遠景に控えた、大河のほとりにあるモンタナのバービーの牧場であったように思われた。自然児の二人は思いっきり牧場を駆け回っている。牛たちがびっくりしている。

『あの人の目は不思議な目だった。青のぐるりに薄茶色の瞳で変わっていると思ったけれど、とても深くて、憂鬱な哀しさを堪えたかと思うと、シャッターが閉じたように何も映し出さなかったりすることもあったわ』

順子の難点は聴覚だったのだが、バービーの難点は視覚だったのだろうか。いや、彼女は順子以上にあらゆるものの隅々まで見えていた。想像の域まで浮かべることのできる、人並みはずれた視覚が二人の共通点であったはずだが、見透し過ぎたことがバービーの不幸に繋がっていた。そして無垢な順子には見えない、バービーのそのような現実に、順子は一種の神秘さえ感じている。それは憧れるに値するものでは決してなかったのだが。

一番街のアーケードには路上に相変わらず猫が寝そべっていた。洋品店のおばさんたちも、来客などとっくに諦めて、店の奥で居眠りしていた。同じようにうたた寝していた雑貨屋の若い店員は、店を覗き込むシロウと目が合うと、神様が通りかかったように飛び跳ねて起きた。

アーケード入り口にある玉突き場は相変わらず照明を節約して、通りの日の光だけを採っていた。カウンターに座ったシロウはバーテンダーにエスプレッソを注文した。バーテンダーは沖縄の若者で、馴れない手つきでコーヒー豆を挽いた。前いた黒人のバーテンダーもやっぱりイラクに行っちまったのかなと思った。

奥に掛かった大型のスクリーンではCNNニュースをやっていた。淡い迷彩服に身を固めた米兵たちが、いかにも乾いて粉塵の立つ通りを、漆喰造りの家並みに沿い、機銃を構えて低く動いていた。戦車が通る。炎上した車。困窮したイラクの民。泣き叫ぶ女たち。

シロウは丸椅子を回して、エスプレッソを口に含みながら明るい通りを見た。褐色の苦い液体はシロウの舌をざらざらにした。

『ご存知かもしれませんが、先生の愛したコザの町からますます人がいなくなりました。西海岸美浜のアメリカンビレッジに、東海岸具志川のジャスコショッピングセンターに皆、買い物に行くのです。若い外人さんもそっちへ流れています。お父さんたちの推進するコザのミュージックタウン構想も、いよいよ着工されて、胡屋十字路の時計店やら飲食店は立ち退きを始めました。この町がこれからどうなるか私には分かりません』

向かいの時計屋は順子の言うとおり閉まって、側に新しい看板が立っていた。シロウは目を細くして看板に書かれた文字を追った。


ミュージックタウン構想敷地…

だが歩く人も通る車も少なく、町全体が経済活動を放棄してうたた寝していた。シロウは暗くがらんとしたアーケードをぶらぶら歩き、パークアベニューに抜けようとして、今まで気にかけなかった横丁が装いを新たにしているのに気づいた。

小粒のレンガ畳の脇には鳳凰木の若木が細かい葉を揺らし、壁には青い下地に子猫たちのグラフィティが異彩を放ち、淡いグリーンの瓦斯灯がレトロな雰囲気を醸している。ガラス張りのFMステーションに、スポーツ観戦バーの中の様子がうかがえる。木造の多国籍料理店の中からは香辛料の湯気が漂ってくるようだ。シャッターを下ろしている店が大半だが、何かが生まれようとしていた。

何屋さんになるのか、建築中の店の前で大工さんとインテリアを指示する、エプロンをかけた中年の女性が話をしていた。

「すてきな通りになりますよ」

「そ、パルミラ通りと言うの」

「パルミラ、とは何語ですか」

「シリア語よ。幻のオアシスの町だって。ここで私の第二の人生が始まるわ。ええ、横浜から来たんです。ミュージックタウンにも負けないわ」

店主は大きく胸を張った。

見回すと、通りを歩いているのはシロウ一人だった。幻のオアシスの町か。ウチナーンチュには見放されても、出陣する兵士たちにつかの間の憩いを与える町。この町が蜃気楼のように消えてしまうことはないだろうか。

ゲート通りに戻って中の町に渡ると、昼寝から覚めたキャタピラ製のユンボがうなり始めた。時計店後方の二百坪ほどの一角が取り壊されて、よく行った焼き肉屋もなかった。あたりにはコンクリートやブロックの破片が散らばっていたが、ガジュマルの側にある敷地角のトイレだけが工事現場で使用されているのか、ぽつねんと残っていた。開いた扉からはパステル・カラーのお洒落なタイル張りの壁に備え付けられた青い便座が見えた。

ユンボの、恐竜のような精密な動きがシロウの目を捉えた。散らばるセメント塀を摘んではかきわり、細かくして咀嚼したかと思うと残骸に乗り上げ、あたりを窺って新たな獲物を物色し、そこへ向かうのだった。

ユンボは首を縮めたり伸ばしたり、持ち直したりしながらトイレに近づくと、大きく傾いでいきなりトイレの開け放った入り口に喰らいついた。下の歯は食い込んだが、上の歯は角度の関係で宙に浮いた。それでもかまわず鋼鉄の顎に力が入り、壁にじわりと食い込むとめりめりっと音がしてブロックが弾けた。首をさっと引いて、咀嚼できるかどうか寸時に計算したユンボは欠けた壁をかりかりと煎餅をかじるように砕いていった。咀嚼が後部の壁に至ると、お洒落なタイルも悲鳴をあげ、トイレの容器は食いちぎられて吹っ飛んだ。

二角の壁が食い尽くされて屋根が一壁だけに支えられると、ユンボは屋根を大きく跨いで後方のガジュマルに近づき、木に触るかと思いきや退いて、顎でトイレの屋根を払った。どーんと音を立てて屋根が崩れ落ち、壁も真二つに割れた。ユンボは頭部でその上をがんがん叩いて砕くのだった。恐るべき破壊屋だった。何か新しいものが建設されようとすると、その前にこの破壊屋が来襲してあたりを跳梁するのだった。粉塵が舞い上がり、あたりは荒涼とした中近東の町に限りなく近づいていた。シロウは咳き込んだ。この埃とイラクの埃とは何が違うのか。

しばらく突っ立っていたシロウは飲み屋街に歩を進めた。昼間の、中の町は誰も歩いていない。長い午後が過ぎて、夕暮れが近づく頃になると、暑さから避難していた人たちが外に出始め、ネオンサインがぽつぽつとつくだろう。しかし今日は日曜日だ。ゲート通りに戻っても、ライブハウスはどこも閉まっている。地下から、階上から、戦場へ赴く者たちの蛮声が聞こえるのは金曜日、土曜日だけだ。戦士の朝は早い。

『先生の歌ね、正直巧いか下手かは分からなかったけれど、何か一生懸命怒りや悲しみをぶちまけているようだった。ロックの振動だけが私に届くのです』

シロウは笑ってしまった。あの子は五官で音楽を感じている。それに自分では気づかない俺のこともよく知っている。やはり喧騒なロックだけが順子の元に届いていたのだ。優しく奏でるメロディーとなって。俺たちは仲間だ、とあらためてシロウは思った。

バービーにマージ。それに多くの兵士たち。イラクではハイテクに身を包んだ米兵のヘルメットの中で、ヘヴィメタルの悪魔のロックが鳴っているらしい。その音楽が恐怖を麻痺させると。モードを転換するのだ。ターン　オン。ターン　オフ。すると激しい日差しが一瞬暗くなり、白黒が反転した世界で、戦場へ赴く者を送る街角のエレジーが哀しく漂った。

＊

シロウはインターネットのマリン・レポートで、マージたち普天間の部隊がヘリコプター数十機を横須賀から来た強襲揚陸鑑エセックスに乗せて、イラクへ出陣していたことを遅ればせながら知った。ミーニシが吹き始め冬の訪れを感じさせるころ、女性や子供たちなど市民が犠牲となったファルージャの虐殺に、沖縄から派遣された海兵隊が関与していたというニュースが新聞等で報道された。

仲間が殺されたことへのリベンジ。パニックによる無差別攻撃。モスクに横たわる負傷者へのとどめの一発。夜間、中空に浮かぶ、マージたちが整備したヘリコプターから投下されるナパーム弾。色とりどりに美しく広がる花火。孔雀の乱舞。火の海と化し、息を吸えば肺や胃の奥まで焼き肉となる、高温で無酸素状態の地上。焼け爛れた皮膚に髑髏が半分露出した子供の顔。炭と化した若い女性。不思議に焼けずにまとわれている衣類やネックレスからしておしゃれな女性であったことが分かる。

マージは赤毛を振りたてて、大声で叫んでいるだろう。ファック。ファック。私の人生はどうなってしまったの。もう普通の生活に戻れない。罪のない人たちを手にかけてしまった…。

＊

バービーに関する情報が入ったのは年も越してからだった。

シロウは数ヶ月間、家賃をベティさんの銀行口座に入れていたのだが、一月分の家賃は手渡そうと宜野湾に向かった。少し遠いけれど、やはり宜野湾の借家から那覇に通おうと思った。いつまでも親と一緒にいる年でもあるまい。

家のドアを開けるなり、かび臭さが鼻を打った。空気を入れ替えようと窓を開けると、車に気づいたのか、ベティさんがあちらの窓から顔を出すのが見えた。ややあって、ベティさんがシロウの台所のドアを叩いた。手にはエアメールを握っていた。

—ほんの数日前にこれが来たのよ。

一瞬バービーからの便りだと思ったが、それはバービーの母親からだった。ベティさんとシロウの二人に宛てたその手紙で、バービーが早期に故郷に戻ったことを知った。

—五体満足で帰れたんだ。良かったですね。

だがベティさんの呼吸は乱れていた。

――もっと読んで。バービーが施設に入れられたんだって。なぜ除隊できたのかお母さんは分からないし、あまりにも様子がおかしいので、何か分からないかと訊いてきたのよ。

いきなり休暇が与えられ、帰ってきたバービーの様子が変だった。母親や妹には一切イラクでのことを語らない。高校時代の友達が訪ねてきても会おうともしない。部屋に閉じこもっていたかと思うと、夜中に出歩く。度重なる出奔。数回、警察が森の中で野宿しているバービーを補導した。

そのうちにかわいがっているはずの豚をナイフで刺して屠殺した。豚なら殺せるの。どうせ、私たちの胃袋に納まるの、と血のついたナイフを持って平然としていた。今までは出荷の時期になるとトラックに連れ込まれる子豚たちに涙を流し、手を振って見送っていたのに。人間の血と同じかしら、と指先で血のぬめりを確かめていた。

妹が怖がり始めた。母親は軍に連絡をした。遠征隊軍医から、実はＰＴＳＤ（外傷後ストレス障害）の症状が認められたので一時休暇を許可したという返事が来た。女性用の保護施設がないし、軽症だと思われるので自宅待機していてほしいと。その後、民間の保護施設が見つかったという連絡が入り、軍から迎えが来て一悶着の後、バービーは施設に入った。

なぜ、なぜこうなったの。何か分かりませんか。沖縄での話をするときだけはバービーはなごやかな目つきになります。あなたがたの住所がバービーの手帳に記されていたので、失礼とは思いますがお尋ねします。何か分かりましたら教えてください。

母親は相談相手を求めて必死だった。見知らぬ人にこのような手紙を書くことは常軌を逸していたし、興奮が覚めると後悔するような内容だった。

―ああ、僕らには遠いイラクのことは分からない。PTSDだって？ ろくな戦闘もしないうちに？ あの症状がひどくなったのか。ひょっとしたら、内部で何かがあったのかも。ナイフ？ ナイフだって？ そうだ本当に刺したい敵は内部にいたのだ。The enemy within だ。自己防衛だってするよ。上官にだって刃向かうかもしれない。バービーは必死に自分の身を守ろうとしたんだ。軍法会議ものだが、やつらはうやむやにしやがったんだ。

シロウのつぶやきが怒声に変わると、ベティさんは胸を押さえた。

シロウは大声を出したことを詫び、荒い吐息のベティさんに手を貸して台所の椅子に座らせた後、病院に行くかと訊いた。

―大丈夫よ、後でマーフィーさんに連れて行ってもらうから。

そう言うベティさんの腕を支えてシロウはゆっくり歩いた。アカバナーの生垣を迂回して、亀甲墓を過ぎ、お隣につくまでシロウは延々と北米の大草原を歩いている気がした。

あんな大地にまで悲劇は蔓延るのだった。人生をやり直したバービーが笑顔で、草原の小さな木造校舎の教壇に立っている姿を強いて思い描き、悲嘆にくれた母親に何と返事をしようかと思案したが、無理に思い描かれた映像だけに、校舎はすぐに生え延びる棘に覆い隠された。白山を控えた草原が棘によって暗くなっていく。バービーの愛する、そして順子の憧れる草原が――。二人の草原が侵食されていくのは我慢がならない。しかしバービーと並ぶ順子の目の美しさは変わらない。母なる大地のような順子の強さが、このような侵食を跳ね返している。順子とバービーの耳にアカバナーを差した笑顔がまた戻ってきた。

そうだ。心配ないわ、愛がある、と言ったのはバービーだった。

それは順子と五郎の間の愛を指した言葉だったが、ひょっとしたら、自分には不可知な愛の力によって、バービーが生きることが出来るかもしれない、とシロウは一縷の希望を手繰った。

なぜなら愛を信じていたのはバービー自身だったのだから。

著者

南城秀夫（なんじょう・ひでお）

那覇市首里生まれ。
首里高校を経てコロンビア大学社会学部卒。
著書『リュウキュウ青年のアイビー留学記』（文芸社）
『リュウキュウの少年』（ボーダーインク）

戦士を送る街角
ロンサム・マリーン

2011年3月14日　第1刷発行

著者　南城　秀夫
発行者　宮城　正勝
発行所　(有)ボーダーインク
沖縄県那覇市与儀226-3
http://www.borderink.com
tel 098-835-2777
fax 098-835-2840
印刷所　でいご印刷

ISBN978-4-89982--202-8　C0093